애벌레를 위하여

애벌레를 위하여

이상권 장편소설 ─ 오정택 그림

창비

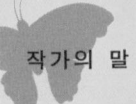

애벌레를 정말 무서워했던
한 아이가 있었습니다

상수리들이 툭툭 떨어지는 초등학교 5학년 가을날이었습니다. 나는 이슬을 먹고 살 오른 풀을 베기 위해 산밭으로 올라가고 있었습니다. 우리 밭에서는 황토에다 발을 내린 고구마 덩굴이 햇살을 마음껏 추렴하고 있었고, 그 이웃 밭에는 나보다 세 살 많은 금자 누나가 고구마 순을 뜯고 있었지요. 초등학교를 졸업하고 처녀 일꾼으로 눌러앉은 금자 누나는 간드러지게 유행가를 뽑아댔고, 나도 그 가락에 맞춰 휘파람을 불다가 깜짝 놀라고야 말았습니다. 갑자기 뭔가 날아와서 내 목덜미에 착 달라붙었기 때문입니다. 나도 모르게 손이 목덜미로 갔고, 그와 동시에 물컹한 감촉을 느끼면서 "으악!" 하고 비명을 질러댔습니다. 물컹하게 잡힌 건 애벌레였습니다.

금자 누나는 배꼽이 다 드러날 정도로 깔깔깔 웃었습니다. 그제야 금자 누나가 애벌레를 집어서 나한테 던졌다는 사실을 알았고, 마치 벌에 쏘인 송아지처럼 뛰어갔습니다.

"어서 떼어! 씨이, 어서 떼주란 말야!"

금자 누나는 배 속에 가득 찬 웃음을 다 부려내고 나서야,

"야, 머시매야! 머시매가 벌거지가 무서워서 우냐? 봐라, 뭣이 무서운지……."

하고 푸르스름한 애벌레를 보여주었습니다. 순간 나도 모르게 뒷걸음치면서,

"씨이, 벌거지가 그렇게 좋으면 니 서방 삼아라!"

하고 뱀한테 쫓기는 개구리처럼 달아났습니다.

내 목에 붙었던 애벌레는 박각시나방 애벌레 중에서도 가장 덩치가 큰 녀석이었습니다.

그로부터 일 년 뒤였습니다. 나는 친구들이랑 뒷동산에서 공놀이를 하고 있었습니다. 무덤들이 정답게 누워 있는 뒷동산은 우리들의 낙원이나 다름없었습니다. 우리는 무덤과 무덤 사이를 골대로 정해놓고 공놀이를 하였는데, 내가 찬 공이 뒷동산 아래쪽으로 굴러가더니 칙칙한 찔레 덩굴 속으로 숨어버렸습니다.

나는 호랑이가 숨어도 모를 정도로 칙칙한 찔레 덩굴 속으로 기

어들어 갔습니다. 그리고 막 공을 집어 드는 순간 뭔가 툭 떨어졌습니다. 정말 끔찍하게 생긴 손가락만 한 애벌레였습니다. 나는 소스라치게 놀라면서 비명을 질렀고, 공을 그대로 둔 채 찔레 덩굴 밑에서 뛰쳐나왔습니다. 친구들이 왜 그러느냐고 했습니다. 나는 차마 애벌레 때문이라고 하지 못하고, 무서운 살모사가 있다고 둘러댔습니다. 친구들은 재빠르게 돌멩이를 하나씩 들고 오더니,

"살모사야, 살모사야. 죽으려면 여기 있고, 살려면 어서 나가라!"

하고 돌팔매질을 하였습니다.

지금 더듬어보니, 그 애벌레는 주홍박각시나방 애벌레였습니다. 아무튼 그 뒤로는 애벌레만 보면 뒷걸음쳤고, 행여 꿈속에 나올까 봐 잠을 설치기도 했습니다. 어른이 될 때까지도 애벌레는 이 세상에서 가장 두려운 존재였습니다.

저는 아이를 낳고 나서야 애벌레를 다르게 보기 시작했지요. 아이가 애벌레는 무섭지 않고 사랑스러운 존재라고 가르쳐주었거든요. 아이는 푸르스름한 박각시나방 애벌레 등을 어루만지면서,

"아빠, 애벌레는 참 보드라워. 너무 귀여워."

하고 웃는 거였습니다. 참 미치겠더군요. 차마 애벌레가 소름 끼치도록 징그럽다고 소리칠 수 없고……. 떨리는 마음을 감추며 애벌레를 만져보았습니다. 선입견을 버리고 나니까 애벌레 몸은 생각보다 훨씬 보드라웠습니다. 물론 나한테 그 어떤 위협도 하지 않

았습니다. 그때부터 애벌레에 대한 선입견을 버리고, 아이처럼 애벌레를 보려고 애를 썼습니다.

아이가 일곱 살 되던 여름날이었습니다. 나는 사나운 비바람이 물러난 산길을 걷다가 작은 애벌레 한 마리를 발견했습니다. 나무에서 떨어진 애벌레는 모질음 쓰면서 나무줄기 쪽으로 가고 있었지만, 좋은 먹잇감을 발견한 개미들도 가만있지 않았어요. 쫓고 쫓기는 숨 막히는 추격전이 벌어졌고, 그 결과는 뻔했습니다. 노련한 사냥꾼 기질을 가진 개미들을 당해낼 수는 없겠지요.

나는 애벌레가 개미들에게 공격을 당할 즈음, 그 자연스러운 생태계의 질서에 개입하고야 말았습니다. 개미들을 쫓아내고 애벌레를 구한 다음, 그 애벌레가 살았던 졸참나무 가지를 몇 개 꺾어서 집으로 돌아왔습니다. 졸참나무 가지를 물병에다 꽂고 그 애벌레를 풀어놓았습니다. 놀랍게도 애벌레는 어디로 달아나지 않고 거기서 살았습니다. 그 애벌레는 참나무산누에나방의 후손이었습니다. 엄지손가락만 하게 커버린 애벌레를 보고도 나는 징그럽다는 생각을 하지 않았습니다. 자세히 들여다보면 볼수록 그 애벌레는 사람 같았습니다. 비가 오면 그 비를 고스란히 맞으면서 묵상에 잠기는데, 꼭 참선하는 수도승 같더군요. 아내는 애벌레가 '소년' 같다고 했고, 딸은 '통통이'라는 이름을 지어주었지요. 우리 집에는 많은 구경꾼들이 다녀갔고, 구경꾼들도 애벌레에 대한 선입견을 조금씩 떨치는 것 같았습니다. 그 애벌레는 무사히 어른이 되어 고치를 지었고, 나방으로 환생하여 자기가 태어났던 곳으로 시집갔습니다. 내가 보는 앞에서 아주 근사한 짝을 만났는데, 순간 먼 훗날 시집보낼 딸이 떠오르더군요.

아무튼 그때부터 저는 애벌레를 관찰하면서 글을 쓰려고 준비했습니다. 원래는 참나무산누에나방의 삶을 소설로 쓰려고 했는데, 아쉽게도 그 계기가 마련되지 않았습니다. 다큐멘터리가 아니고 소설이기 때문에 어떤 극적인 반전이나 감동이 있어야 하는데, 참나무산누에나방이나 박각시나방 들은 그런 감동을 주지 못했습니다. 만약 제가 과학자들처럼 애벌레들의 삶을 객관적으로 알려주는 다큐멘터리 같은 글을 쓰려고 했더라면 벌써 썼을 겁니다. 저는 작가이지 과학자가 아닙니다. 저는 동료 작가들이 인간들의 삶을 소설로 쓰듯이, 애벌레들의 삶을 객관적으로 보고, 그것을 재구성하고 상상력을 보태서 소설로 써보고 싶었던 겁니다.

그러다가 재작년에 가중나무고치나방 애벌레를 만났습니다. 이 녀석도 우연히 산초나무 밑에 떨어진 것을 데리고 와서 키웠습니다. 고치가 된 뒤 얼마간 집을 비웠다가 돌아와 보니 고치에서 나방으로 깨어나 있더군요. 그것을 딸이 먼저 발견했습니다. 어찌나 늠름하고 근사한지 저는 한동안 넋을 놓고 보았습니다. 아내는 가중나무고치나방을 보더니,

"왕자님 같아요!"

하더군요. 그 정도로 녀석의 자태는 근사했습니다.

그때부터 저는 녀석들의 삶을 구체적으로 들여다보기 시작했습니다. 녀석들하고 말이 통하면 가장 좋을 텐데, 아쉽게도 우리는 통하지 않았습니다. 그럴 때마다 저는 가중나무고치나방 애벌레들이 사는 산에 가서, 녀석들이랑 똑같이 비도 맞고, 찬바람이 부는 밤에는 산초나무 밑에 누웠습니다. 몸으로 애벌레들의 삶을 알고 싶었습니다. 저는 비바람 치는 밤에 알몸으로 몇 시간 동안 산초나무 밑에 서 있기도 했습니다. 물론 애벌레와 인간의 오감은 다릅니다. 그래도 제가 애벌레의 삶을 최대한으로 가깝게 느낄 수 있는 것은 그 방법밖에 없었습니다. 그러면서 저는 많은 걸 깨달았습니다. 누워서 보는 숲의 모습이며, 밤과 낮의 모습, 키 큰 나무들이랑 키 작은 나무들의 삶, 그리고 강자와 약자의 따스한 해후 같은 모습들을 보면서, 이 작은 숲이 얼마나 큰 세상인지 조금은 알 수 있었습니다.

애벌레가 살던 숲에서 돌아온 어느 날, 저는 애벌레가 고치를 짓듯이 글을 쓰기 시작했습니다. 거의 미친 듯이 썼습니다. 아내가 걱정할 정도로 밤낮을 가리지 않고 글에 매달렸습니다. 내 머릿속은 온통 숲과 애벌레들로 가득 차 있었거든요.

이 글은 애벌레들의 삶을 관찰하고 공부한 객관적인 사실에서 출발하지만, 그것은 어디까지나 작은 씨앗에 불과합니다. 씨앗이 움터서 수많은 문장이 되는 과정은 모두 다 제 상상력에 의해서 채워진 것입니다. 그러니까 여러분들도 사람들의 이러저러한 삶이 펼쳐진 소설을 보듯이 편안하게 보아주시기 바랍니다.

글을 쓰면 쓸수록 애벌레라는 작은 생명체가, 구부러진 소나무처럼 고향에 살아 계시는 어머니의 얼굴과 겹쳐지기 시작했습니다. 그래, 결국은 애벌레랑 사람이랑 다 같은 존재로구나! 다섯 자식들을 고귀하게 세상으로 보내놓고 박복하게 애옥살이를 홀로 해오신 어머니, 그리고 당신 자식들이 낳아놓은 아이들까지 줄줄이 수발들면서 엄마 노릇 하고 계시는 어머니와 그 애벌레의 삶은 기가 막히게도 똑같았습니다. 이래서 대자연을 어머니라고 하는구나! 저는 나이 마흔을 넘기고 나서야 그 말의 의미를 깨닫고는, 제 앞에서 죽어간 애벌레에게 한없는 존경의 묵념을 하였습니다. 하늘을 보니, 옛사람들 말에 저승 가기 좋다는 노을이 번지고 있었고, 나방 떼 같은 낙엽이 하늘로 날아오르고 있었습니다.

오 년 전에 이 세상으로 우화하였던 이 책이 다시금 새롭게 태어나서 날개를 날았습니다. 이 책이 우리 모두에게 작은 날개를 달아주었으면 좋겠습니다. 특히 철도를 다니는 기차처럼 정해진 길로만 달려가야 하는 우리 청소년들에게, 꿈속에서나마 자유롭게 날아다닐 수 있게 해주었으면 좋겠습니다.

2010년 푸진 초여름날, 이상권

차례

작가의 말
_ 애벌레를 정말 무서워했던 한 아이가 있었습니다 … 4

살아 있는 미라 … 13
마법의 향기 … 24
죽음을 부르는 불의 영혼 … 37
멈추지 않는 생명의 흐름 … 55
개미한테 쫓기다 … 72
헌 옷을 벗는 애벌레들 … 82
산비둘기 똥 … 93
숲을 뒤흔드는 태풍 … 104
두 마리 호랑나비의 운명 … 112
절름발이 고양이 … 123
가을에 쏟아진 우박 … 134
파리매와 사마귀 그리고 왕침노린재 … 142
모든 것을 정리하는 계절 … 158
애벌레를 찾아온 작은 손님 … 174
애벌레를 위하여 … 187

해설 _ 숲의 언어, 냄새의 향연(박경장) … 200

살아 있는 미라

산봉우리에는 개를 닮은 바위 하나가 솟아 있었다. 그 바위를 중심으로 모두 아홉 개의 골짜기가 아래쪽으로 가르마 타면서 흘러내렸다. 개바위는 결코 거만하게 보이지는 않지만 가파른 몸은 사람들의 발길을 허락하지 않았다. 다만 십여 그루 소나무들에게는 바위틈을 세주어서 사철 푸르게 살도록 배려해주고 있었다. 개바위 아래쪽으로는 작은 절이 보이는데, 산토끼들 모두뜀으로 백오십 보 정도 떨어져 있었다.

까마귀 한 마리가 개바위 왼쪽에 있는 꼬부랑 소나무에서 쉬다가 날개를 펼쳤다. 골짜기에서 거슬러 오르는 바람이 까마귀를 공중으로 들어 올렸다. 하늘은 희뿌연 구름에 뒤덮였지만 멀리 북쪽으로 시커먼 연기를 내뿜고 있는 도시가 어렴풋이 보였다. 여기서 십 리가량 되어 보였다. 까마귀는 그쪽을 한 번 보고는 산 아래쪽으로 방향을 틀었다. 장마철이라지만 하늘은 보름간이나 비 한 방울 맛보여주지 않았고, 후텁지근한 날만 이어지고 있었다. 까마귀도 그런 날씨에 짜증 났지만 오늘은 바람 냄새가 다르다고 생각했다. 어제하고는 달리 습기가 짙게 묻어 있었다. 골짜기 아래쪽에서 불어오는 바람은 후끈후끈할 정도로 열기가 있었다. 까마귀는 경험으로 머지않아 비가 쏟아진다고 예측하고는 남서쪽으로 방향을 틀어 평소에 비를 피하던 물개바위 쪽으로 내려갔다. 까마귀 백 마리가 앉을 수 있을 만큼 큰 물개바위는 남쪽으로 흘러내린 골짜기의 상류 양지바른 곳에 있었다. 물개바위는 물개 두 마리가 서로 다정하게 엉켜 있는 모습이고, 그 사이에는 커다란 소나무 한 그루가 살고 있었다.

까마귀는 소나무 가지에 내려앉았다. 그 바람에 박새 한 마리가 화들짝 놀라면서 물개바위 아래쪽에 있는 산초나무 가지로 날아갔다. 산초나무가 가볍게 흔들렸다. 까마귀는 가시가 많은 산초나무를 좋아하지 않았다. 박새는 다시 한 번 까마귀를 곁눈질하고는 산초나무와 바로 이웃하고 있는 키 작은 진달래나무 줄기 밑으로 날아갔다. 하루 종일 새끼들에게 애벌레를 물어다 주느라고 정작 자기 배는 채우지 못한 수컷이었다. 박새는 나뭇가지에 거꾸로 매달려서 쫑긋쫑긋 사냥감을 찾다가 깡충거미 한 마리를 발견했다. 박

새는 목을 길게 뻗어서 깡충거미를 낚아챘다. 순간 입을 벌리고 있
는 새끼들이 떠올랐지만 강렬한 배고픔을 이기지 못하고 얼른 삼
켜버렸다. 그러다가 땅에서 불과 십 센티미터가량 떨어진 가지에
매달린 이상한 생김새 하나를 발견했다. 마른 나뭇잎 같기도 하고,
열매 같기도 했다. 박새는 조심스럽게 부리로 톡톡 쪼았다. 그 속
에서 무슨 소리가 났다. 뭔가 흔들리는 소리였다. 그렇다면 씨앗주
머니인가? 씨앗주머니라면 여물어서 저절로 터질 때까지 기다려야
한다. 박새는 그렇게 자신을 납득시키면서 날아갔다.

　박주가리 씨앗주머니처럼 생긴 것은 나방 애벌레가 만들어놓은
고치였다. 절반은 마른 진달래 잎으로 감싸여 있고, 절반은 도배지
가 울듯이 쭈글쭈글 주름이 져 있었다.

　박새가 날아가자 주위가 어수선해지고 바람이 거세졌다. 골짜기
아래쪽에서 숲 속의 주술사인 청개구리들이 요란하게 주문을 읊조
리기 시작했다. 꼭 절에서 들려오는 스님의 염불하는 소리와 비슷
했다. 비가 올 거라는 청개구리 주술사들의 예보가 빗나간 적은 그

산초나무
산이나 구릉 같은 높은 땅에서 3m 정도 크기로 자란다. 잔가
지에는 붉은빛이 도는 갈색 가시가 돋는다. 13~21개의 작
은 잎이 모여 새의 깃 모양으로 큰 잎을 이룬다. 8~9월에 흰
꽃을 피우며, 둥근 갈색 열매를 맺는다.

리 많지 않았다. 과연 얼마쯤 시간이 흐르자 하늘에서 빗방울이 떨어졌다. 커다란 나무들이 가지를 벌려 우산처럼 펼쳐 든 이파리들이 요란하게 소리를 냈다. 비가 내리지 않아 후텁지근하기만 했던 마른장마를 갈무리하는 비였다. 빗방울이 떨어질 때마다 땅이 파이고 흙이 파편이 되어 사방으로 튀었다. 바람까지 거들자 숲은 거대한 파도가 되어 출렁거리기 시작했다.

천둥이 으르렁거렸다. 천둥소리가 자꾸 커지자 빗방울도 굵어졌다. 빗방울은 하나둘 모여들어 엄청난 세력을 모은 다음, 민란을 일으키듯이 골짜기를 점령해갔다. 그들은 거침없이 앞으로 나아갔다. 숲 속은 온통 그들의 함성뿐이었다. 아무도 그들을 막아낼 엄두를 내지 못했다. 물개바위 위로 뻗은 소나무에 앉아서 비를 피하고 있던 까마귀가 갑자기 놀라며 날아올랐다. 물개바위 위 골짜기에서 시뻘건 흙탕물이 반쯤 일어선 채로 내려오고 있었다. 까마귀가 날아오르자마자 물개바위 가운데 하나가 왼쪽으로 미끄러져 나갔다. 떨어져 나간 바위는 곧장 산초나무 옆을 지나 진달래나무 숲을 깔아뭉겠다. 바위는 그러고도 오십 미터가량 떼굴떼굴 굴러가다가 또 다른 바위에 부딪히고서야 멈춰 섰다. 바윗덩어리가 깔아뭉갠 진달래 숲은 처참했다. 쓰러진 진달래들은 줄기가 부러져서 거꾸로 처박혔고, 그 위로 시뻘건 흙탕물이 세차게 흘러내렸다. 흙탕물로 떨어진 이파리들의 흐름은 얼마나 물살이 거칠게 성깔을 부리고 있는지 잘 말해주고 있었다. 흙탕물은 흙과 자갈은 물론 사람들이 버리고 간 빈 술병부터 나무토막, 수많은 낙엽 들을 바위가 깔아뭉개고 간 진달래 숲에다 쌓아놓았다. 만약 진달래나무에 생명체가 살고 있었다면 도저히 살아날 가망성이 없어 보였다.

고치도 완전히 흙더미에 깔렸다. 그러나 어디 하나 찌그러지지 않았다. 나무토막과 돌멩이 틈에 끼여서 큰 힘을 받지 않았다. 고치 속에는 작은 생명체 하나가 잠들어 있었다. 머리부터 가슴까지는 더듬이와 날개와 다리가 석고 부조처럼 도드라져 있고, 몸통은 쭈글쭈글한 주름으로 덮여 있는 번데기였다. 번데기 엉덩이 밑에는 애벌레였을 때 입었던 헌 옷이 차곡차곡 쟁여 있었다. 그곳에는 빛이 존재하지 않았기 때문에 색을 찾아볼 수 없었고, 이 세상에서 가장 고요한 시간만이 흐르고 있었다. 그곳에는 엄청나게 밀려드는 흙탕물도 없었고, 살갗을 얼어터지게 하는 눈보라도 없었으며, 박새나 쌍살벌처럼 무시무시한 존재들도 없었다. 번데기에게는 천국이었다.

고치가 흙더미에 깔린 지 세 시간이 지났다. 아직까지는 문제가 없었다. 물론 계속 이렇게 흙더미에 깔려 있게 된다면 번데기도 위태로울 것이다. 인간하고는 달리 림프와 피가 섞인 번데기의 혈액은 가느다란 혈관을 타고 온몸 구석구석으로 흘러들면서 생명의 불을 지켜주었다. 번데기는 애벌레에서 미라 모양으로 변했을 뿐 몸속에서는 나방이 되기 위해 끊임없이 성장하고 있었다. 먼 훗날 나방이 되어 골짜기를 유장하게 날아다닐 날개가 생기고, 빗살 모양의 더듬이와 다리가 비밀스럽게 만들어지고 있었다. 그러니까 고치는 나방이라는 아름다운 비행선을 만드는 애벌레의 비밀 기지나 다름없었다.

흙탕물은 더욱 거칠어졌고, 결국 고치가 매달린 진달래나무의 뿌리가 뽑혔다. 진달래나무는 흙탕물에 뒤섞인 채 아래쪽으로 휩쓸려 갔다. 몇 번이나 뿌리가 하늘 쪽으로 뒤집히기도 했고 흙더미에 완전히 묻히기도 했다. 진달래나무는 굴참나무 밑동에 걸리면서 다시 뿌리가 위로 드러났다. 굴참나무에 걸리자 세찬 흙탕물이 고치를 마구 후려쳤다. 그래도 고치는 떨어져 나가지 않았다. 고치 속에 잠들어 있는 번데기는 사방 벽에 쉴 새 없이 부딪혔다. 하지만 번데기의 피부는 새우나 가재처럼 딱딱해서 전혀 다치지 않았다. 게다가 고치의 안쪽 벽은 기름이 발라진 것처럼 부드럽고 매끈하게 처리되어 있어서 번데기가 아무리 굴러다녀도 몸에 상처가 나지 않았다. 거대한 바위조차 단숨에 굴려버리고, 아름드리나무를 뿌리째 뽑아서 질질 끌고 다니던 물줄기도 진달래 줄기와 고치 사이에 연결된 가느다란 끈 하나를 끊어버리지 못했다.

빗줄기는 다음 날 오후가 되어서야 그쳤다. 숲은 너무나도 큰 상처를 입었고, 곳곳에서 신음하고 있었다. 뿌리 뽑힌 나무들이 죽은 시체들처럼 누워 있었고, 수많은 동물들이 죽었으며, 수많은 동물들이 보금자리를 잃었다. 까마귀는 죽은 채 흙더미에 반쯤 묻혀 있는 어린 산토끼 한 마리를 발견하고는 요란하게 소리치면서 내려앉았다.

고치가 매달려 있던 진달래나무는 흙더미 속으로 사라져버렸다. 고치가 매달린 가지만이 굴참나무에 걸려서 간신히 드러나 있을 뿐이다. 고치는 흙을 뒤집어쓰고 있어서 겉모습만 보고는 형체를 알아볼 수 없었다. 다음 날 날이 밝자, 고치 속에서는 번데기가 몸을 꿈틀거렸다. 고치 바깥에서 가해지는 어떤 충격에 반응하면서 꿈틀거리는 게 아니었다. 스스로 살아 있음을 확인하는 과정이었다. 번데기는 주름과 주름을 차례로 움직였고, 그 떨림은 파장이 되어 몸 전체로 퍼져 나갔다. 번데기는 잠들어 있었지만 번데기의 몸은 바깥에서 들어온 공기를 예민하게 분석하기 시작했다. 지금 바깥에서 비가 오고 있는지 아니면 해가 쨍쨍 나고 있는지를 정확하게 알아냈다. 물론 낮과 밤도 알 수 있었다.

엄청난 혼란이 끝났음을 알리는 노을빛이 개바위 뒤 편에서 번져 올랐다. 온몸을 붉게 물들인 구름의 가장행렬이 시작되자, 여기저기서 사고로 죽은 동물들 시체로 푸짐하게 만찬을 벌인 까마귀들도 가세했으며, 고추잠자리들은 숲 위로 날아올라서 그 가장행렬을 구경하고 있었다.

흙으로 버무려진 고치 속 번데기는 긴 장마가 끝났다는 것을 알았다. 번데기는 오래전부터 장마가 끝나기를 기다리고 있었다. 번데기는 무의식중에 몸을 자꾸 뒤틀었다. 번데기 살갗에 있던 수분이 말라가고 있었다.

　해가 지고 땅거미가 밀려왔다. 번데기의 딱딱한 몸에서 또렷한 변화가 일어나기 시작했다. 얼굴 쪽에 가면처럼 붙어 있던 살갗이 떨리더니 미세하게 금이 갔다. 번데기는 계속 몸을 뒤척였다. 얼마쯤 있다가 더듬이와 두 다리 사이가 세로로 갈라지더니, 그 속에서 작은 발 하나가 나왔다. 아직은 형체를 알 수 없는 나방의 작고 통통한 발이었다. 어느새 번데기 피부와 나방의 몸은 완전히 분리되어 있었다. 번데기의 피부는 이제 쓸모없는 껍데기가 되어 있었다. 나방은 딱딱하게 마른 껍데기 속에서 빠져나오기 위해 혼신의 힘을 다했다.

　나방은 서두르고 있었다. 지금까지 몇 달간 죽은 듯이 시간을 음미하던 번데기하고는 사뭇 달랐다. 나방은 또 다른 발을 내밀려고 했지만 질기고 억센 껍데기 때문에 어찌할 수가 없었다. 껍데기는 말라갈수록 더 질기고 딱딱해졌다. 나방은 번데기 껍데기 속에서 몸을 빼려고 끙끙거렸고, 잠깐 쉬더니 이윽고 그 딱딱한 껍데기를 물어뜯기 시작했다. 잠시 뒤 작은 구멍이 생겼다. 나방은 그 구멍으로 더듬이를 내밀어서 공기 냄새를 맡았다. 나방은 어둠이 내리고 있다는 사실을 알았다. 나방은 더욱 서둘렀다. 그때마다 온몸에 힘이 들어가면서 잔뜩 움츠러들었던 몸이 풍선처럼 부풀었다. 번데기의 여기저기에서 균열이 생기기 시작했다. 하지만 워낙 좁은 공간이라서 번데기의 껍데기를 휙 벗어 던질 수는 없었다.

나방은 우선 머리가 나올 수 있도록 번데기를 갉아냈다. 구멍이 조금씩 커지기 시작했고, 드디어 나방의 머리가 번데기에서 빠져나왔다. 고치 속은 나방이 움직일 수 있는 공간이 한정되어 있었다. 번데기 속에서 머리를 조금 내밀었을 때 이미 더 이상은 움직일 공간이 없었다. 여기서 빠져나오려면 공간을 확보해야 했다. 이제는 곧바로 고치를 뚫고 나가는 수밖에 없었다.

나방이 애벌레였을 때 만들어놓은 고치는 너무나도 견고했다. 기름종이처럼 반질반질한 고치 속을 나방이 뚫는다는 것은 불가능해 보였다. 고치 속 어디에도 나방이 만만하게 뚫고 나갈 만큼 약한 부분이 없었다. 게다가 나방은 딱정벌레처럼 강한 턱을 가지고 있지도 않았다.

나방은 잠시 깊은 생각에 잠기면서, 이 고치 속 어딘가에 쉽게 나갈 수 있는 비밀스러운 문이 있다는 사실을 깨달았다. 나방이 애벌레였을 적에 만들어놓은 비밀의 문이었다. 비밀의 문은 번데기에서 나오자마자 가장 쉽게 입이 닿을 수 있는 곳에 있었다. 나방은 그곳이 어디인지를 기억해냈다. 고치의 가장 위쪽이었다. 좀 더 자세히 말하자면 고치가 나뭇가지나 나뭇잎에 달라붙은 바로 그 부분에 비밀의 문이 있었다. 애벌레는 고치를 만들어갈 때도 그 부분을 가장 늦게 닫았다. 나방은 비밀의 문에다 침을 흘려 내기 시작했다. 침이 스며들자 마법이 풀리듯이 고치의 문이 열리기 시작했다. 바깥에서 향긋한 바람 냄새가 스며들었다.

이윽고 나방의 더듬이가 흙투성이인 고치 밖으로 드러났다. 너무 강한 흙냄새에 놀란 나방은 얼른 더듬이를 안으로 끌어들이고는 고치 바깥쪽에 무슨 일이 있는지 없는지 살폈다. 잠시 뒤 아무 일이 없음을 확인하자 다시 더듬이를 내밀었다. 고치 끝에 생긴 구멍은 아주 작아서 나방의 몸이 빠져나오기 힘들어 보였다. 그런데도 나방은 더 이상 구멍을 넓히지 않고 무모하리만큼 용감하게 머리를 작은 구멍으로 밀어 넣기 시작했다. 한참 동안 몸부림을 치자 머리가 고치의 구멍을 간신히 빠져나왔다. 나방은 너무 많은 힘을 썼다. 다시 기력이 회복될 때까지 기다렸다. 머리는 나왔지만 날개가 달린 가슴 부위가 빠져나오기는 쉽지 않을 것이다. 잘못하면 날개가 다칠 수도 있다. 날개는 나방에게 생명이나 다름없었다. 나방의 날개는 촉촉하게 젖어서 부드러운 물걸레처럼 등에 바짝 붙어 있었다. 고치에서 빠져나올 때 날개가 다치는 것을 최대한 막기 위해서였다.

　나방은 날개에 무리가 가지 않도록 아주 천천히 몸을 끌어당겼다. 나방의 몸은 비록 통통하지만 동물들처럼 큰 뼈가 없어서 무척 유연했다. 물걸레같이 부드러운 날개도 고치 구멍을 나오면서 약간 마찰이 있었지만 상처를 입지 않았다. 힘겹게 가슴 부위가 나오자, 더듬이를 떨면서 안도하는 것 같았다. 이제 통통한 배만 남았다. 배를 끄집어내는 일은 별로 어렵지 않았다. 그런데도 나방은 움직이지 않고 가만히 있었다. 탈진할 정도로 힘이 빠졌기 때문이다.

숲은 짙은 어둠에 잠겼다. 나방은 세상에 나와서 처음으로 빛을 보았다. 어둠 속에 스며든 빛이 환하게 보였다. 빛을 보자 번데기 상태에서 무의식중에 꿈꿔왔던 세상이 떠올랐고, 자기도 모르게 어떤 희열에 빠져들었다. 애벌레 상태였을 때도 가끔씩 밤하늘을 보면서 아름답다는 생각을 했지만, 번데기 상태를 지나 나방이 된 지금의 느낌은 또 달랐다. 나방은 전혀 다른 느낌이나 감정을 가진 생명체로 거듭나 있었다.

나방은 수컷이었다. 어디선가 암컷 나방의 향기가 풍겨 왔다. 수컷은 저도 모르게 몸을 움직였다. 더듬이를 자극하는 향기 속에는 그들만이 알 수 있는 언어가 깃들어 있었다.

수컷 나방은 고치에서 단숨에 배를 끄집어냈다. 순간 중심을 잃을 뻔했지만 재빠르게 발로 고치를 꼭 잡았다. 나방은 한동안 나뭇잎처럼 움직이지 않았다. 어디선가 고양이 울음소리가 들렸다. 고양이는 아주 위험한 적이었다. 고양이는 아주 희미한 냄새까지도 맡을 수 있는 코를 가지고 있다. 만약 고양이가 이쪽으로 온다면 나방은 아주 위험해질 수 있다. 수컷은 잔뜩 긴장하면서 어서 날개가 마르기를 기다렸다. 더디게 펴지는 날개가 원망스러웠다. 그런 마음을 아는지 모르는지 날개는 어떤 일정한 단계를 거치듯이 아주 느리게 펴지고 있었다.

마법의 향기

달빛이 산등성이 너머로 비스듬히 젖어들었다. 달빛이
넘어오는 쪽의 숲은 오히려 더 어둡게 느껴졌고, 깊이를 알 수 없는
어두운 바다처럼 보였다. 그 반대편 숲의 나무 이파리는 낮과는 또
다른 빛깔을 드러내고 있었다. 어둠의 농도가 진하고, 옅고, 약간
진하고, 약간 옅고……. 섬세한 빛의 조절에 따라서 이파리들의 색
깔이 또렷하게 구별되었다. 이파리가 무성한 나무들은 그 자체가
거대한 어둠이 되어버렸다. 그들의 그림자마저 어둠이 되었다. 가
늘고 잎이 많지 않은 말라깽이 나무들은 오히려 또렷하게 자신의
존재를 그림자로 드러냈다. 줄기가 앙상할수록 음각 판화를 새기
듯이 나무줄기의 선이 또렷하게 그려졌다. 한낮에 부서져 내리는

햇빛 아래서 자신들의 풍성한 이파리를 과시하던 나무들은 그저 까만 어둠에 불과했다. 밤과 낮은 그렇게 차이가 났다.

물론 달빛을 받아내는 데에도 키가 큰 나무들이 유리했지만, 키가 크든 작든 나무들은 달빛을 두고 서로 다투지 않았다.

달빛은 수컷이 매달려 있는 흙투성이 고치 쪽으로 내려오다가 바로 앞에서 멈춰 섰다. 그래도 근처까지 내려온 달빛 때문에 수컷은 어둠 속에서 제법 또렷하게 보였다. 나방의 배는 갈색 바탕에 하얀 줄무늬가 박혀 있고, 약간 통통했지만 다른 나방들에 비해 날씬한 편이었다. 배만 보고는 나방인지 나비인지 가늠할 수 없을 정도였다. 젖은 걸레처럼 쭈글쭈글하고 우스꽝스러워 보이던 날개는 시간이 지날수록 펴지면서 아주 산뜻한 색깔로 바뀌어갔다. 날개 안쪽에는 노란색 초승달 문양이 위아래 두 개씩 새겨져 있고, 그 옆으로는 복숭앗빛 물결 문양이 세로로 새겨져 있었다. 꼭 날개에서 분홍색 빛을 내뿜고 있는 것 같았다. 또 날개의 맨 끝에는 어떤 동물의 눈처럼 까만 점이 커다랗게 박혀 있었다.

수컷 나방은 누에나방의 일종인 가중나무고치나방이었다.

서쪽에서 남쪽으로 부는 바람은 여러 가지 꽃향기를 싣고서 날아왔다. 수컷 나방의 더듬이에 감지되는 암컷 나방의 향기는 남쪽에서 바람을 거슬러 올라오고 있었다. 암컷 나방이 풍기는 향기는 꽃향기처럼 바람에 몸을 맡겨서 움직이는 단순한 냄새가 아니었다. 암컷 나방이 풍기는 향기는 바람을 거슬러 날아가는 새의 날갯짓 같은 힘이 있었고, 수컷들이 있는 곳이라면 어디건 찾아갈 수 있었다.

암컷 나방의 향기가 점점 강해졌다. 수컷 나방은 더 이상 참을 수 없어서 자꾸만 더듬이를 떨었다. 날개는 다 펴졌지만 아직도 물기가 마르지 않았다. 수컷은 콩닥콩닥 뛰는 가슴을 진정시키면서 암컷 나방의 향기가 날아오는 방향을 찾고 있었다.

어느 정도 날개가 마르자 수컷 나방은 서서히 날아오를 준비를 했다. 수컷 나방의 날개는 커다란 은행잎 두 개를 붙여놓은 것보다 더 컸다. 멀리서 보면 한 마리 새처럼 보였다. 수컷은 가볍게 날개 운동을 한 다음, 앞발로 더듬이를 다시 손질했다. 그리고 마지막으로 온몸을 단장한 다음, 암컷 나방의 마술적인 부름에 못 이겨서 날아올랐다. 수컷은 힘차게 날갯짓을 했다. 그때마다 믿을 수 없을 만큼 강한 부력이 생기면서 몸이 자연스럽게 떠올랐다. 어느새 나무숲 우듬지보다 높게 솟아올랐다.

달은 개바위 아래로 펼쳐진 골짜기에다 은빛 가루를 뿌리며 골짜기와 골짜기 사이로 솟아오른 산등성이를 비추어주었다. 바람과 햇살을 먹고, 이슬과 비를 마시며 자란 나무들이 하나하나 모여서 어떤 흐름을 이루고 있었다. 바람이 불 때면 그에 순응하면서 이리저리 흔들렸고, 바람이 그치면 잔잔해지면서 호수처럼 고요해졌다.

수컷 나방은 숲 위로 마음껏 솟아올랐다. 뭔가 알 수 없는 쾌감이 날개를 더 자극했다. 마구 날갯짓하여 저 끝 모를 하늘로 날아가고

싶은 욕망, 저 호수 같은 숲으로 추락하다가 숲에 부딪히기 직전에 날아오르면서 그 아슬아슬한 기분을 맛보고 싶은 충동, 저 달까지 단숨에 날아가고 싶은 욕망이 거의 동시에 꿈틀거렸다. 너무 기쁘고 흥분해서 더듬이가 자꾸만 바들바들 떨렸다. 그럴수록 날갯짓을 힘차게 하였다.

어디선가 날아온 박쥐의 초음파가 수컷 나방을 자극했다. 깜짝 놀란 수컷은 재빠르게 고도를 낮추었다. 달빛은 가만히 숲으로 내려와 앉으면서 나방에게 침착하라고 소곤거렸다. 그때부터 수컷 나방은 숲 위로 몸을 드러내지 않았다. 나무와 나무 사이에 난 좁은 길을 따라 미끄러지듯이 낮게 비행하였다. 수많은 나무들의 엄호를 받으면서 한 번도 가본 적이 없는 항로를 따라 비밀스럽게 비행을 하고 있었다. 그에게는 방향을 가르쳐주는 나침반도 없었다. 오직 등불처럼 환하게 밝혀주는 방향감각에 의존한 채 얼굴도 모르는 암컷 나방을 향해 날아갔다. 나방이 지나가는 길목에는 무당거미가 쳐놓은 올가미가 곳곳에 숨어 있었다. 올가미를 눈으로 확인하기란 불가능했다. 어둠 속에서는 무엇인가를 보고 판단하는 것이 어려웠다. 어둠이 눈을 무용지물로 만들기 때문이다. 그래서 이 어둠 속에다 살을 섞으며 살아가는 온갖 동물들은 눈보다는 코나 귀를 더 신뢰했다. 수컷 나방도 마찬가지였다. 눈보다 냄새나 소리에 민감했다. 나방의 더듬이는 최첨단 비행기의 레이더처럼 거미의 올가미를 찾아냈다. 나방은 캄캄한 숲 속에서도 자유롭게 나무

사이를 빠져나갔으며, 아무리 작은 나뭇가지 하나라도 건드리지 않았다.

소쩍새 한 마리가 신갈나무 가지에 앉아서 먹잇감을 찾다가, 문득 나무 사이로 빠져나가는 작은 비행 물체를 포착해냈다. 소쩍새는 즉시 추격에 나섰다. 아무래도 빽빽한 숲 속으로 날아가는 나방을 쫓아가는 건 무리였다. 소쩍새는 어둠을 잘 이용할 줄 아는 노련한 사냥꾼이었다. 바람의 흐름을 읽을 줄 알았고, 그 흐름에 따라 이동하는 곤충들의 길도 알았다. 소쩍새는 나방이 날아가는 방향을 예측하고 더 빠른 지름길로 날아갔다. 그러고는 나방이 날아오는 길목에서 기다렸다.

나방은 나무와 나무 사이를 빠져나와 툭 트인 골짜기의 기류를 이용해서 편안하게 날아갔다.

소쩍새가 노린 건 바로 그 순간이었다. 소쩍새는 쏜살같이 나방을 향해 날아갔다. 거의 완벽한 기습이었다. 나방의 더듬이는 불과 이 미터 앞에서 소쩍새를 감지했다. 그와 동시에 자기도 모르게 몸을 옆으로 홱 틀면서 아래쪽으로 추락하듯이 곤두박질쳤다. 자신의 의지와는 상관없이 또 다른 누군가가 자신을 조종하는 것 같았다. 나방은 곧장 아래로 추락해 갔다. 그런 나방 위로 소쩍새의 갈고리 발이 아슬아슬하게 스쳐 갔다. 불과 몇 센티미터 차이가 삶과 죽음을 갈라놓았다. 소쩍새는 곧바로 정지하지 못하고 이 미터가량 더 날았다. 그러고서야 기습이 실패했음을 알았다.

수컷 나방은 그대로 땅바닥에 떨어졌지만 폭신폭신한 나뭇잎이 받아주어서 상처가 나지 않았다. 나방은 죽은 듯 움직이지 않았다.

소쩍새는 낮게 비행하면서, 작은 딱정벌레들의 움직임까지도 포착해낼 수 있는, 적외선 망원경보다 성능이 좋은 눈으로 나방을 찾았다. 워낙 큰 나방인지라 쉽게 미련을 버릴 수가 없었다. 그 정도 크기의 먹이라면 지금 막 털이 보송보송 나서 먹이를 달라고 미친 듯이 보채는 새끼 한 마리의 배 속을 넉넉하게 채울 수 있었다. 그렇지만 마른 나뭇잎과 몸 색깔이 똑같은 나방을 찾아낸다는 것은 거의 불가능했다.

소쩍새는 몇 번 주위를 맴돌다가 사라졌다. 수컷 나방은 공포에 질린 채 한동안 움직이지 않았다. 소쩍새들은 새들 중에서 가장 무서운 천적이었다. 억센 발톱에다 날카로운 부리, 그리고 비바람도 이겨낼 수 있는 강한 날개를 가지고 있다. 그에 비하면 나방이라는 존재는 나약하기 그지없다. 소쩍새에게 대항할 수 있는 수단이라고는 아무것도 없다. 그러니 수컷 나방이 엄청난 공포에 사로잡혀 몸이 얼어붙은 것은 당연한 일이었다. 수컷 나방은 운이 좋았다. 소쩍새는 자신의 사냥 실력을 믿고 너무 자만했다. 좀 더 집중력을 가지고 공격했더라면 수컷 나방은 지금쯤 새끼 소쩍새 부리에서 장난감처럼 이리저리 들썩이다가 목구멍으로 들어갔을 것이다.

얼마쯤 시간이 흘렀다. 시간은 엄청난 마력을 가지고 있었다. 때로는 폭풍우를 몰고 오기도 하고, 초록 잎들을 색색으로 물들이면서 떨어뜨린 다음 흰 눈을 몰아치게도 하지만, 작은 씨앗을 기적처럼 살려내기도 하고, 상처 입은 것들이 스스로 치료할 수 있는 힘을 주기도 한다. 시간은 흐르면서 수컷 나방의 머릿속에서 가시처럼 날을 세우고 있던 공포의 힘을 몰아내고 있었다. 삼십 분 정도 지나자 수컷의 몸을 지배하던 공포심은 어디론가 사라져버렸다.

다시 암컷 나방의 향기가 느껴지기 시작했다. 수컷 나방은 마른 굴참나무 잎을 발로 차면서 힘차게 날아올랐다. 수컷 나방의 날갯짓은 조심스러우면서도 힘이 넘쳤다. 지금보나 몸이 시니 매기랑 무거워도 거뜬히 날 수 있을 정도로 힘찬 날갯짓이었다. 키 큰 나무 숲이 사라지고 시야가 툭 트이면 고도를 더욱 낮추면서 날아갔다. 그러면서도 더듬이는 누군가 자신을 추격하지나 않는지 예민하게 살피고 있었다. 나방의 비행은 점점 빨라졌다. 그만큼 암컷 나방의 향기가 강해지고 있었다. 수컷 나방은 인간들의 마을이 보이는 골짜기 아래쪽으로 내려가다가 울창하게 우거진 팥배나무 숲으로 방향을 틀었다. 참나무만큼이나 키가 크지만 가지들이 여리고 가늘어서 성격이 아주 섬세한 팥배나무 사이사이를 조심스럽게 빠져나가자 사람들의 무덤이 있는 제법 넓은 공간이 나타났다. 암컷 나방의 향기는 그곳에서 나오고 있었다.

수컷 나방의 가슴은 더욱 방망이질 쳤다. 날갯짓을 하면서도 몸은 간헐적으로 떨리고 있었다. 암컷 나방의 향기가 그만큼 수컷을 흥분시키고 있었다. 수컷은 무덤 위를 빙글빙글 돌면서 암컷 나방을 찾아다녔다. 암컷 나방의 향기는 정승 모양을 한 비석 앞에 있는 산초나무 가지에서 흘러나오고 있었다. 이제 정확하게 목표 지점을 확인한 수컷은 일부러 하늘로 솟구치며 마음을 가다듬었다.

암컷 나방은 산초나무 가지 중간쯤에 매달린 고치를 붙잡은 채, 한 치도 움직이지 않고 수컷 나방들을 향해 마법의 향기를 뿜어내고 있었다. 그 고치는 자신이 살던 집이었다. 제법 키가 큰 산초나무였지만 주위에 냄새가 강한 침엽수인 전나무와 노간주나무 들이 가려주고 있어서 천적들로부터 안전했다.

암컷 나방 둘레에는 먼 길을 날아온 수컷 나방 외에도 다른 수컷들이 먼저 도착해서 격렬하게 사랑 굿을 벌이고 있었다. 수컷 나방들은 바람에 떨어지는 낙엽처럼 춤을 추었다. 그러다가 한 마리가 갑자기 암컷 나방 쪽으로 날아갔지만, 암컷 나방 바로 앞에서 무엇인가 강한 저지를 받고는 급히 날아올랐다. 그런 다음 공중에서 또다시 나뭇잎 춤을 추었다. 그리고 나서 또 한 마리의 수컷 나방이 암컷 나방 쪽으로 날아갔지만 역시 퇴짜를 맞았다. 그들의 사랑 놀이는 절대적으로 암컷 나방에게 선택권이 있었다. 암컷 나방이 받아들이지 않으면 그들의 사랑은 시작되지 않았다.

암컷 나방은 구애의 춤을 추면서 다가오는 수컷들을 판단해내는 능력을 가지고 있었다. 암컷 나방은 수컷 나방의 몸이 얼마나 크고 건강한지를 따졌다. 그것이 가장 중요했다. 그래야만 건강한 후손을 낳을 수 있기 때문이다. 암컷 나방은 빛처럼 스쳐 가는 수컷들을 보면서 육감적으로 그들의 건강 상태를 알아냈다.

지금까지는 암컷 나방이 향기를 내뿜었지만 이제는 수컷 나방들도 향기를 뿜었다. 수컷 나방들의 향기는 아주 약해서 멀리 날아가지 못했지만 가까운 거리에서는 효과적인 언어 수단이 되었다. 암컷 나방은 수컷이 뿜는 향기를 맡으면서, 자신도 모르게 몸이 이끌리기를 기다리고 있었다. 여기까지 수컷 나방들을 불러들인 것은 자신의 향기였지만, 결정적인 순간에는 암컷 나방의 향기보다 수컷 나방의 향기가 강해졌다. 암컷 나방은 정신이 몽롱할 정도로 상해지는 그 향기, 아무런 거부의 몸짓도 할 수 없는 숙명적인 만남을 기대하고 있었다.

수컷 나방들은 점점 애가 탔다. 몇몇 수컷 나방들은 성질이 사나워지고 있었다. 암컷 나방의 등에 노골적으로 내려앉으려고 시도했고, 암컷 나방이 거부하면 내가 왜 당신의 신랑이 될 수 없는지 따지는 것 같았다. 그래도 암컷 나방은 당황하지 않았다.

아무리 화가 난 수컷 나방이라 해도 암컷 나방을 억지로 범할 수 없었다. 그것은 그들만의 오래된 전통이었다. 전통을 부정할 수컷은 한 마리도 없었다. 만약 전통을 부정한다면 그들은 대단한 혼란에 빠져버릴 것이고, 암컷 나방은 다른 종의 수컷들하고도 짝짓기를 할지도 모른다.

시간은 새벽으로 치닫고 있었고, 이제 암컷 나방도 초조해지기 시작했다. 지금까지는 자신을 사로잡을 만큼 강렬하게 향기를 뿜어 오는 수컷이 없었다. 어쨌든 날이 새기 전에는 누군가를 자신의 배우자로 맞이해야만 한다. 조급해진 암컷 나방은 다시금 향기의 샘이 있는 엉덩이를 바깥쪽으로 내밀었다가 수축시키는 동작을 되풀이했다. 다시 진한 마법의 향기가 흘러나왔다. 마치 펌프질을 하듯 엉덩이 마디마디가 수축했다가 퍼지면서 향기가 퍼져 나왔다.

춤을 추다가 지친 수컷들이 다시 기운을 내서 날아올랐다. 그들 사이에서 유난히 돋보이는 수컷 나방이 있었다. 바로 굴참나무 밑에서 태어난 수컷이었다. 산사태로 고치가 흙무더기에 깔리기도 했고, 이곳으로 날아오면서 소쩍새에게 죽을 뻔했던 수컷 나방은 단연 돋보이게 낙엽 춤을 추었다. 수컷 나방은 날갯짓만큼이나 힘차게 향기를 내뿜었다. 그 향기는 아주 강력했다. 암컷 나방의 빗살 모양 더듬이는 강한 전류에 감전된 것처럼 떨렸다. 어찌나 강했던지 정신을 잃을 뻔했다. 그와 동시에 자기도 모르게 약간 몸을 돌려서 수컷 나방을 받아들이기 좋은 자세를 취했다. 지금까지는 암컷 나방이 수많은 수컷 나방들을 유혹하고 조종했지만, 어느 순간부턴지는 몰라도 이제는 수컷 나방이 암컷 나방을 조종하고 있었다. 암컷 나방은 자신이 기다리고 있던 수컷 나방의 향기에 의해서 자신의 몸이 움직여질 때마다 지금까지 느껴보지 못했던 설렘을 느꼈다.

수컷 나방은 수많은 수컷들 사이로 날아다니면서 암컷 나방을 향해 춤을 추고 있었다. 달빛에 젖어 있는 암컷 나방은 너무도 아름다웠고, 그 암컷 나방을 찾아 목숨까지 걸면서 날아온 것이 후회되지 않았다. 수컷 나방은 암컷 나방이 이 수많은 신랑감들 중에서 자신을 간절히 원하고 있음을 알아챘다. 수컷 나방은 저도 모르게 격렬하게 춤을 추었다. 이제 다른 수컷들은 암컷 나방의 결정을 받아들이면서 대부분 체념하고는 주위에 있는 나뭇가지에 앉아서 이 수컷 나방의 춤을 구경하고 있었다.

수컷 나방이 암컷 나방의 바로 옆에 있는 노간주나무를 사이에 두고 한 바퀴 빙글 돈 다음, 정확하게 암컷 나방의 등 쪽으로 날아갔다. 그 순간 암컷 나방은 왼쪽 앞발 하나만으로 고치를 잡은 채 수컷을 받아들였다. 둘은 얼굴과 얼굴을 맞대고, 가슴과 가슴을 맞대고, 배와 배를 맞댔다. 마치 오래된 연인처럼 몸과 몸 사이에 한 치의 빈틈도 없이 끌어안았다. 다리와 다리를 서로 엇갈리면서 서로의 몸을 더 강하게 자기 몸 쪽으로 끌어당겼다. 더듬이와 더듬이도 서로 맞닿으면서 무엇인가 느낌을 주고받았다. 암컷 나방의 배는 뭉툭하면서도 뚱뚱했다. 수컷 나방의 배는 그에 비해서 날렵하고 길쭉했다. 수컷은 길쭉한 배를 쭉 내밀어서 마법의 향기가 흘러나왔던 향기의 샘 쪽으로 내밀었다. 암컷 나방의 엉덩이 끝에 있는 향기의 샘은 이제 자신의 임무를 완수하고는 후손들을 잉태할 알주머니를 가진 생식기로 변해 있었다. 아니 그것이 원래의 모습이었다. 수컷 나방들을 유혹하기 위해서 잠시 향기를 내뿜는 일을 했을 뿐이다.

건강한 유전자를 가진 수컷 나방의 생식기가 암컷 나방의 생식기 속으로 부드럽게 파고들었다. 씨앗에서 나온 뿌리가 땅속으로 파고드는 것 같았다. 그 순간 암컷 나방은 다시 몸을 떨었다. 둘은 꼭 부둥켜안고 있었으므로, 산초나무에 매달린 고치를 붙잡고 있는 다리는 힘에 부칠 수밖에 없었다. 암컷 나방은 수컷 나방의 가슴을 감싸고 있는 왼쪽 두 번째 다리까지 풀어서 고치를 잡았고, 수컷 나방도 오른쪽 첫 번째 다리로 고치를 붙잡았다. 그러자 둘의 몸은 고치에서 약간 옆으로 비켜나 있었지만 훨씬 안정감이 있어 보였다. 바람이 고치를 흔들어도 둘은 당황하지 않았다.

나방들은 원래 서로의 생식기를 내밀어서 짝짓기를 하기 때문에 이렇게 부둥켜안는 경우는 드물다. 보통은 생식기가 있는 꼬리와 꼬리를 내밀어서 서로의 몸을 결합한다. 그래야만 짝짓기를 하는 동안에도 천적을 살필 수 있고, 나머지 다리로 나뭇가지 따위를 안전하게 붙잡고 있을 수 있다. 그러니까 지금 이들의 사랑은 대단한 파격이었고, 그만큼 위험했다. 그들은 서로를 마주 보고 있으므로 천적을 볼 수가 없었다. 그런데도 그들은 황홀했으며, 어둠이 어디론가 사라지고 계곡 아래쪽으로부터 찬란한 아침 햇살이 드리워지기 시작하자 더욱 단단하게 상대방의 몸을 잡아당겼다.

죽음을 부르는 불의 영혼

햇볕이 두 나방의 날개로 쏟아져 내려왔다. 햇볕은 너무 강렬했다. 그들은 애벌레였을 적에 날마다 햇볕을 쬐면서 살았지만, 이렇게 몸의 구조가 바뀐 뒤로는 처음 보았다. 둘은 강한 햇볕을 피하기 위해 몸을 살짝 왼쪽으로 틀었다. 그러자 나뭇잎들이 그늘을 만들어주었다. 그때부터 그들은 화석처럼 움직이지 않았다.

골짜기는 서서히 달아오르기 시작했다. 이파리 끝에 맺힌 이슬 방울들이 떨어지자, 여기저기서 살아 있는 것들이 부스럭거리고, 날아오르고, 땅을 덮은 썩은 나뭇잎을 뒤지고 다니고, 노래하고, 소리치고, 싸우고, 야단이었다. 특히 매미들은 거창한 노래자랑이라도 앞두고 있는 것처럼 때와 장소를 가리지 않고 노래 연습에 열중이었다. 햇볕은 숲 곳곳에다 구멍을 내면서 스며들었고, 그런 햇볕은 유달리 강했다.

　나방들은 정오가 지날 때까지 서로의 몸을 끌어안은 채, 태곳적부터 이어져온 거룩한 의식을 치르고 있었다. 수컷 나방의 몸속에 있는 작은 생명의 씨앗들이 암컷 나방의 몸속으로 흘러들었다. 그 흐름은 시계의 초침처럼 규칙적이면서도 아주 느리게 진행되었다. 평생 한 번 짝짓기를 하는 암컷 나방은 수컷 나방의 모든 것을 받아들이려고 했다. 수컷 나방의 생각, 살아온 방식, 심지어 소쩍새에게 공격을 받았던 기억까지도 암컷 나방의 몸속으로 흘러들고 있었다. 둘은 이제 자극적인 흥분에서 벗어나 편안함을 맛보고 있었다. 한순간에 그들은 서로 다른 몸이라고 느껴지지 않았다. 그들은 자신들이 살아온 가치를 느끼고 있었고, 아무도 서두르지 않았다.

　그들에게는 밤보다 낮이 더 위험했다. 새, 벌, 딱정벌레, 개미, 노린재, 뱀, 들고양이……. 이 숲은 온통 그들을 노리는 천적들로 덮여 있었다. 그렇지만 그들은 비교적 안전한 곳에 숨어 있었다. 그들은 나무들이 얼마나 고마운 존재인지 새삼 깨달았다.

　해가 하늘 한복판에서 서쪽으로 기울어질 즈음이었다. 숲 속에서 가장 시끄럽게 떠들던 매미들도 잠시 쉬면서 목청을 가다듬었다. 암컷 나방과 수컷 나방은 이제 헤어져야 할 때가 되었음을 알았다. 서로의 몸을 감싸고 있던 다리의 힘이 풀리고, 수컷 나방의 생식기가 암컷 나방의 생식기 속에서 서서히 빠져나갔다. 약간 아쉬움이 남아 있던 암컷 나방이 뒤로 젖혔던 날개로 수컷 나방을 감싸려고 했다. 하지만 수컷 나방은 냉정하게 암컷 나방을 밀어내었다. 수컷 나방은 자신의 임무를 마쳤다고 생각하는 순간부터 냉정해졌고, 암컷 나방은 그런 수컷 나방이 야속했다. 수컷 나방은 운이 좋으면 또 다른 암컷 나방을 찾아가서 짝짓기를 할 수도 있지만 암컷 나방에게는 이것이 마지막이었다. 그 차이가 두 나방의 생각을 엇갈리게 하고 있었다. 암컷 나방도 수컷 나방을 보낼 수밖에 없음을 알고 있었다. 암컷 나방은 주위의 나무들이 살랑살랑 흔들리자 수컷 나방을 밀어냈다. 막상 암컷 나방이 자신을 밀어내자 수컷 나방은 당황하면서 약간 허탈해하는 듯했지만, 이내 날개를 필릭이면서 날아올랐다. 수컷 나방은 산초나무 뒤쪽에 우뚝 서 있는 팥배나무로 날아가서 이파리에 달라붙었다. 팥배나무는 이파리가 크지 않았지만 워낙 잎이 무성해서 수컷 나방을 완벽하게 숨겨주었다.

암컷 나방은 고치에 달라붙은 채 움직이지 않았다. 굳이 다른 은신처를 찾지 않아도 될 만큼 이곳이 안전하다고 확신했다. 자신이 애벌레였을 때, 먼 훗날 나방이 되어 안전하게 짝짓기를 할 생각까지 염두에 두고서 이곳에다 고치를 만들어놓았다. 그런 믿음과 확신이 암컷 나방을 안심시켰다. 암컷 나방은 빗살 모양으로 생긴 더듬이를 앞발로 문지르면서 나른하게 밀려오는 졸음을 느꼈다. 암컷 나방은 졸음을 받아들이면서 편안하게 밤을 기다리기로 했다.

암컷 나방의 몸속에서는 수많은 생명들이 잉태되고 있었다. 암컷 나방은 그 느낌을 감지하고 있었다.

하지만 아무리 안전한 곳이라고 해도 방심하면 목숨을 잃을 수도 있다. 암컷 나방은 무엇인가 다가오는 기척에 놀라서 잠을 깼다. 봉분 앞에 있는 미식 위에서 쫑긋쫑긋 누리번거리던 박새가 산초나무 쪽으로 푸드득 날아왔다. 낮에 활동하는 새들 중에서는 박새가 가장 위협적인 적이었다. 박새는 주로 키 작은 나무와 나무로 이동하는데, 바로 그런 곳에 나방들이 숨어 있기 때문이다. 박새들의 눈에 띄면 살아날 가망성은 거의 없다. 박새는 좁은 공간에서 민첩하게 날아다닐 수 있어서 나방들이 달아날 수가 없었다. 암컷 나방은 곧 잡혀서 죽을지도 모른다는 공포감을 느꼈지만 섣불리 도망가지 않았다. 움직이지 않는 게 최선의 방어임을 알고 있었다.

천성이 부지런한 박새는 작은 나뭇가지로 건너뛰다가 우연히 암컷 나방이 숨어 있는 곳까지 오게 되었다. 물론 그때까지도 암컷 나방을 발견하지는 못했다. 하지만 눈에 띄는 건 시간문제였다. 암컷 나방은 망설였다. 달아나야 하나, 아니면 계속 숨어 있어야 하나. 암컷 나방은 달아나는 것을 포기하고 날개를 더욱 똑바로 폈다. 그러자 보기에 따라서 수많은 형상으로 보이는 날개가 펼쳐졌다. 박새는 그 날개를 보았고, 자기도 모르게 당황했다. 낯익은 나방의 날개인 것 같기도 하고, 자신을 잡아먹으려고 숨어 있는 동물의 얼굴 같기도 했다. 더구나 날개의 가장자리 끝에 있는 두 개의 커다란 동그라미 문양은 커다란 동물의 눈으로 보였다. 동그란 문양 위의 하얀 눈썹 모양도 박새를 긴장시켰다. 박새는 저도 모르게 날아올랐다. 햇살이 박새의 날개에 부서졌다. 박새는 너무도 겁을 먹은 나머지 쏜살같이 팥배나무 숲으로 날아갔다. 평생 한 번 잡을까 말까 한 큰 나방을 놓쳤다는 아쉬움은 조금도 없었고, 오직 한 번도 보지 못한 무시무시한 동물로부터 무사히 벗어났다는 데에 만족했다.

암컷 나방도 안도의 숨을 내쉬고 있었다. 운 좋게도 날아간 박새는 아직 경험이 많지 않은 새였다. 경험 많은 박새들은 나방의 날개 위장술에 쉽게 속지 않는다. 암컷 나방은 서둘러 떠나기로 했다. 이제 이곳도 안전하지 않다는 사실을 알게 된 만큼 망설일 이유가 없었다. 암컷 나방은 서둘러 날개를 펄럭였다. 몸이 떠오르자 무덤 봉분을 가로질러서 팥배나무 숲으로 날아갔다. 수컷 나방의 반대쪽에 있는 팥배나무 숲이었다.

해가 질 무렵 숲 속의 시끄러움은 절정에 달했다. 경쟁심이 강한 매미들이 서로 제 목소리를 뽐내고 있었고, 나무 우듬지에 모여서 마을 회의를 하던 까치들도 요란하게 떠들어댔고, 나무 아래쪽에서는 삼삼오오 모여든 오목눈이들이 하루 동안 일어났던 일들을 서로 주고받고 있었다. 엎질러진 물감처럼 서쪽 하늘로 번지던 노을이 스러지고 땅거미가 밀려오자 새들은 하나둘씩 자기 둥지로 돌아갔다. 어둠이 천천히 숲 속을 덮을 즈음, 숲 속에서는 또 다른 것들이 잠을 깨기 시작했다.

달이 떠올랐다. 보름달이었다. 어제보다 살이 찌고 잘생긴 얼굴이었지만, 어딘지 상기된 표정으로 아직 제 빛을 내지 못하고 있었다. 하늘에는 연하게 연기 같은 구름이 드리워졌다. 달은 그 구름을 헤치고 천천히 위로 떠오르더니, 숲 위로 얼굴을 내밀었다. 그제야 환한 얼굴빛을 되찾았다.

암컷 나방은 앞발로 빗살 모양의 더듬이를 빗질했다. 이제 알 낳을 곳을 찾아서 떠나야 한다. 날개를 몇 번 팔랑거리며 이상이 있는지 없는지를 확인했다. 배는 고프지 않았다. 몸속에는 앞으로 죽을 때까지, 열흘 정도는 버틸 수 있는 영양분이 충분하게 저장되어 있었다. 먹지 않아도 살 수 있다는 것이 얼마나 정신을 평화롭게 하는지 암컷 나방은 새삼 깨달았다. 편안하고 여유가 있었다. 이 숲 속에 살아 있는 모든 생명체들은 먹지 않으면 죽는다. 그런 절대적인 조건으로부터 벗어난다는 것은 아무나 가질 수 없는 특권이었다.

암컷 나방은 팥배나무 잎에서 훌쩍 뛰어내린 다음 천천히 날개로 균형을 잡았다. 굳이 날개를 펄럭이지 않아도 암컷 나방의 몸은 부드러운 곡선을 그리면서 위로 떠올랐다. 암컷 나방은 금세 팥배나무 사이를 빠져나와 숲 위로 날아올랐다. 달빛을 향해 위험할 정도로 높이 솟구쳤다. 시원한 밤공기가 밀려왔다. 암컷 나방은 예민한 더듬이로 골짜기를 휘둘러본 뒤, 자신이 살아왔던 무덤 주위를 힐끗 내려다보면서 산 위쪽으로 날아가기 시작했다. 어디선가 소쩍새가 울었다. 암컷 나방은 재빠르게 고도를 낮추어서 숲 속으로 사라졌다.

키 큰 나무들은 자신들의 어깨만큼 떨어진 곳에서 서로의 가지를 맞대며 정확하게 경계를 이루면서 살아가고 있지만, 키 작은 나무들은 서로 경계를 만들지 않고 가지와 가지를 서로 엇갈리게 내밀어서 살을 비비기도 하고, 서로 줄기와 줄기를 맞대면서 다감하게 살고 있었다. 암컷 나방은 주로 큰 나무들의 가지와 가지 사이로, 줄기와 줄기 사이로 날아갔다. 그러다가 다시 나무 우듬지 위로 솟구쳐 올라가서 골짜기를 내려다보았다. 골짜기에서 흘러내리는 물소리가 또렷하게 들렸고, 멀리 사람들의 마을이 벌처럼 모여 있었다. 암컷 나방은 산꼭대기에 우뚝 솟은 개바위를 똑바로 보고 날아가다가 절이 보일 즈음에서 다시 아래쪽으로 방향을 틀었다. 그렇게 산 아래쪽으로 삼백여 미터를 날아가다가 다시 동쪽으로 방향을 틀어서 골짜기를 두 개 넘어갔다. 제법 큰 골짜기가 나타났다. 암컷 나방은 그 골짜기 위쪽 양지바른 곳으로 내려가기 시작했다.

그리 크지 않은 바위들이 삐죽삐죽 솟아나서 암컷 나방을 환영하는 듯했고, 바위들 사이에는 역시 크지는 않지만 한눈에 나이 들었음을 알 수 있는 꼬부랑 소나무들이 이십여 그루 모여 있었다. 소나무 아래쪽에는 별로 크지 않은 졸참나무 십여 그루가 작은 마을을 이루고 있었고, 그 앞에는 제법 큰 산초나무가 바람에 몸을 흔들

고 있었다. 다섯 개의 줄기는 키가 거의 비슷했고 이파리들도 건강
했다. 산초나무 밑에는 급하게 비탈이 졌지만 키가 큰 신갈나무들
이 숲을 이루고 있었고, 산초나무 옆에는 오리나무들이랑 키 작은
진달래나무들, 그리고 팥배나무들이 서 있어서 바람을 막아주었
다. 산초나무 앞쪽에 우기진 신갈나무 숲으로 내려가면 맑은 물이
졸졸졸 흐르는 계곡물을 맛볼 수 있었다.

　암컷 나방은 그 숲이 마음에 들었다. 이만하면 자신의 새끼들이
살아가기에 좋은 곳이라고 생각했다. 산초나무에서 풍기는 냄새도
좋았다. 암컷은 바람의 영향이 가장 작은 곳, 산초나무 아래쪽 굵은
가지에 달린 이파리 뒤로 내려앉았다. 처음에는 몰랐지만 산초나
무 밑에는 갈대들이 나무를 보호하듯이 우거져 있었다. 암컷은 그
래서 더욱 그 산초나무가 마음에 들었다. 암컷 나방은 갈대들이 가
려주는 이파리로 가서, 배를 이파리 뒤로 쭉 늘여내서 붙이고는 깨
알보다 작은 알을 낳기 시작했다. 마치 손으로 집어서 정확하게 놓
듯이 하나하나 잎에다 붙였다. 끈적끈적한 접착제가 알을 잎에다
붙여주었다. 동그란 술통을 나란히 놓듯이 알을 가로 방향으로 자
연스럽게 여섯 개를 나란히 붙인 다음, 그 알들의 사이사이에다 다
섯 개의 알을 올려놓았고, 다시 그 위에다 세 개의 알을 올려놓았
다. 모두 열네 개였다.

　알과 알은 끈끈한 접착제로 연결되어 있어서 서로 떨어지지 않
았다. 처음에는 연한 노란색이었던 알들은 점차 하얀색으로 변해

갔다.

암컷 나방은 알의 개수를 정확하게 헤아리고 있었다. 산초나무의 줄기가 다섯 개이므로 이 정도의 새끼들이면 먹을 걱정을 하지 않으며 살 수 있을 것이다. 암컷 나방은 알을 더 낳고 싶은 욕망을 다스리면서 날아올랐다. 암컷 나방은 또 다른 산초나무를 찾아서 캄캄한 숲 속으로 사라졌다.

무덤가에 있는 팥배나무에 붙어서 밤을 기다린 수컷 나방도 어디론가 날아가기 시작했다. 다른 수컷 나방들보다 몸이 건강한 수컷 나방은 아직도 힘이 넘쳤다. 수컷 나방은 또 다른 암컷 나방의 향기를 맡았지만, 이번에는 결코 서두르지 않았다. 이미 한 번의 짝짓기 경험이 있는 수컷 나방은 상당한 자만심에 빠져 있었다. 다른 수컷 나방들보다 늦게 도착해도 그들을 물리치고 당당하게 암컷 나방을 차지할 자신감으로 충만해 있었다. 수컷 나방은 스스로 비행을 즐기면서 달빛이 스며드는 나뭇가지 사이사이로 빠져나갔다.

암컷 나방의 향기는 개바위가 있는 산꼭대기 쪽에서 내려오고 있었다. 수컷 나방도 향기를 내뿜었다. 물론 수컷 나방은 자신의 향기가 멀리 날아가지 못한다는 사실을 잘 알고 있었다. 암컷 나방의 향기만이 마력을 발휘하면서 멀리멀리 날아가서 수컷 나방들을 끈으로 묶어서 데려오듯이 끌고 올 수 있었다. 그래도 수컷 나방은 계속 자신의 언어가 담긴 향기를 내뿜었다. 그때마다 이상한 쾌감을 느꼈다.

산꼭대기 개바위 동굴 속에는 수백 마리의 박쥐들이 살고 있었다. 박쥐들은 어둠이 깔리기를 기다렸다가 떼 지어서 사냥을 나가는데, 가장 즐겨 잡는 사냥감이 나방이었다. 박쥐는 나방들에게 무서운 적이었다. 소쩍새보다 무서운 사냥꾼이었다. 박쥐는 나방들보다 훨씬 빠르게 날 수 있으며, 공중에서 날아다니는 나방들의 위치를 정확하게 알아낼 수 있는 초음파를 가지고 있었다. 그래서 골짜기 사이로 낮게 날아다니는 나방들조차 박쥐들에게 걸려들었다. 박쥐의 초음파는 가끔씩 바람을 타고 날아다니는 낙엽과 나방 들이 뒤섞일 때에도 결코 나방을 놓치지 않았다. 박쥐 하나가 수컷 나방 쪽으로 빠르게 날아오고 있었다. 마치 목표물을 발견하고 폭격하기 위해서 날아오는 전투기 같았다.

수컷 나방은 그 초음파를 감지하자마자 빠르게 하강하여 숲 속으로 사라져버렸다. 만약 조금이라도 여유를 부렸다면 영락없이 박쥐의 먹이가 되었을 것이다. 더구나 그 박쥐는 산꼭대기 바위 동굴에 사는 동족들 중에서도 가장 뛰어난 사냥꾼이었다. 박쥐들의 초음파를 알아채고 땅으로 곤두박질쳐서 죽은 체하는 나방까지 찾아내는 재주를 가지고 있었다. 그 박쥐에게 한번 걸려들면 살아남는 나방은 드물었다. 하지만 수컷 나방은 완벽하게 숲 밑으로 내려간 다음, 거의 땅바닥에 붙어서 날갯짓하여 박쥐의 사정거리에서 벗어났다.

　정확하게 나방을 향해 날아오던 박쥐는 당황하였다. 갑자기 사냥감이 사라져버렸다. 박쥐는 혹시나 나방이 땅바닥으로 떨어져서 죽은 체하지 않나 하고, 나방이 떨어졌음직한 곳을 수색하기 시작했다. 물론 나방이 있을 리가 없었다. 박쥐는 어색한 자세로 땅바닥에 내려앉아 쓸쓸한 낭패감을 맛보았다. 그러다가 다시 긴장했다. 십여 미터 앞에서 여치의 목소리가 들렸다. 높은 음으로 이루어진 여치의 목소리는 중간 중간 딱딱 끊어졌다. 그렇게 딱딱 끊어지는 소리 때문에 더 힘차게 들리기도 했다. 그 정도 목소리라면 아주 먼 거리에서도 박쥐의 초음파에 걸려들었을 것이다. 박쥐는 나방뿐만 아니라 소리 내어 우는 여치와 베짱이 그리고 귀뚜라미를 아주 잘 잡았다. 박쥐는 다시 사냥을 하기 위해서 날아올랐다. 걸어 다니는 데 익숙하지 않은 박쥐가 마른 낙엽이 깔려 있는 땅바닥을 걸을 수는 없었고, 설령 걸을 수 있다고 해도 낙엽 밟히는 소리 때문에 여치에게 접근할 수 없었다. 박쥐는 혹시 여치가 자신의 존재를 알아챌까 봐 일부러 밤하늘 높이 솟구쳐 올라서 멀리멀리 날아가는 척했다. 한 번 나방을 놓쳤기 때문에 더욱 신중해진 셈이다. 예상대로 여치는 더욱 크게 암컷을 유혹하는 노래를 불러대고 있었다. 박쥐는 숲 우듬지 위에서도 여치가 어디에서 우는지 정확하게 짚어냈다. 그런 다음 아무런 소리도 없이 내려앉으면서, 병꽃나무 줄기 위에서 노래하고 있던 여치를 덮쳤다.

그 시간 암컷 나방의 향기를 좇아 가던 수컷 나방의 눈에 불빛이 보였다. 엄청나게 큰 불빛이었다. 그 불빛을 보자 수컷 나방의 가슴은 마구 뛰기 시작했으며, 어젯밤 암컷 나방의 강렬한 유혹을 받을 때처럼 정신이 흐릿해졌다. 아니 암컷 나방의 유혹보다 더 강렬했다. 그 불빛이 어서 자기에게 오라고 부르고 있었다. 그 유혹의 힘은 수컷 나방의 생각까지 마비시켰다. 수컷 나방은 곧바로 불빛을 향해 날아갔다. 엄청난 속도였다. 밤하늘에서 선을 그으며 떨어지는 별똥별보다 더 빨랐다. 수컷 나방은 엄청난 가속도로 불을 향해 뛰어들었다. 순간 뭔가 둔탁한 게 머리를 내리쳤다. 수컷 나방은 정신을 잃었다.

개바위 아래에 있는 절 입구에 우뚝 서 있는 동그란 가로등 아래로 수컷 나방은 떨어졌다. 이미 수많은 생명체들이 땅에 떨어져 있었다. 톱사슴벌레 한 마리, 애사슴벌레 아홉 마리, 박각시나방 일곱 마리, 하늘소 다섯 마리, 밤나방 세 마리, 산누에나방 네 마리, 그리고 수많은 딱정벌레들…… 그 가로등 옆에는 천 살도 더 먹었음직한 느티나무 한 그루가 서서 이 가련한 생명들을 내려다보고 있었다.

불빛이란 대체 어떤 존재이기에 곤충들로 하여금 이성을 잃게 하고, 미친 듯이 불빛을 흠모하면서 몸을 바치게 하는 것일까. 더구나 수컷 가중나무고치나방은 암컷 나방의 향기마저 잊어버린 채 불빛을 향해 돌진했다. 수컷 나방에게 있어서 암컷의 유혹을 물리칠 만큼 강한 의지는 없었다. 그런데 이 불빛이 수컷 나방의 본능을 파괴하고 있었다. 불빛은 종을 가리지 않고 모든 곤충들을 혼란에 빠뜨리고 있었다.

천천히 의식이 돌아왔다. 수컷 나방은 잠깐 암컷의 향기를 느꼈다가 불빛을 보자 다시 몸을 부르르 떨었다. 아프다는 생각도 사라졌다. 어서 저 불빛 속으로 들어가야 한다는 생각뿐이었다. 한번 그 불빛의 마력에 사로잡히면 해가 뜨기 전에는 살아남을 수 없었다. 밤새도록 불빛을 흠모하고 무모하게 돌진해서 추락하기를 되풀이하다가, 운 좋게도 몸을 다치지 않고 아침을 맞이하면 그제야 그 저주의 힘에서 풀려날 수 있었다. 하지만 대다수의 곤충들은 그 불빛에 한 번 두 번 부딪히면서 치명적인 상처를 입었다. 수컷 나방도 왼쪽 날개 위쪽이 약간 떨어져 나갔다. 그 정도면 치명적인 상처라고 볼 수는 없었지만 다시금 무모하게 불빛으로 날아든다면 이미 상처 난 날개가 어찌될지 알 수 없었다. 그런데도 수컷 나방은 오직 설레는 마음으로 불빛을 올려다보았다. 그러고는 있는 힘을 다해서 날아올랐다.

이번에는 가속도가 붙지 않아서 심하게 부딪히지는 않았다. 원통 모양의 불빛에 달라붙었지만 붙잡을 수가 없었다. 아무리 붙잡으려고 해도 미끄러져 내렸다. 수컷 나방은 사력을 다해 날개를 퍼덕이면서 붙잡으려고 했다. 불빛이 뜨거운 줄도 몰랐고, 퍼덕일 때

마다 날개가 등 유리에 부딪혀서 상처가 나고 있다는 사실도 몰랐다. 밑으로 떨어지면 다시 날갯짓을 하여 날아올랐고, 그러다가 미끄러지면 다시 날아올랐다. 열 번 스무 번도 더 시도했다.

그 불빛은 수컷 나방을 유혹해놓고는, 더 이상 자신의 품속으로 끌어들이지 않았다. 자기를 향해 바보처럼 날아드는 곤충들이 유리에 부딪히면서 아래로 떨어지는 꼬락서니를 즐기고 있을 뿐이었다. 그런 가로등의 마술을 잘 알고 있는 몇몇 거미들은, 사방에다 거미줄을 쳐놓고서 풍성한 만찬을 즐기고 있었다. 가로등에서 가까운 곳에 있는 거의 모든 나뭇가지에는 거미줄이 쳐 있었다. 이미 삭은 곤충들 수십 마리가 거미들에게 사로잡혔다. 산 채로 붙잡힌 나방들은 죽을힘을 다해 파닥거렸다. 그럴수록 거미는 여유를 가지고 다가왔다. 파닥거릴수록 자신의 거미줄이 나방의 날개를 옭아맸다. 그런데도 수컷 나방은 두려워하지 않았고, 오직 그 불빛의 품으로 파고들기 위해서 미친 듯이 날아들었다.

수컷 나방은 지쳐서 가로등 아래로 떨어졌다. 오른쪽 왼쪽 날개는 곳곳이 찢어지고 떨어져 나갔다. 어떤 극한상황에서 몸부림을 치며 간신히 빠져나온 몰골로 보였다. 수컷 나방은 아무런 아픔을 느끼지 못했다. 물론 주위에 도사리고 있는 거미줄도 의식하지 않았고, 암자 쪽에서 살금살금 기어 나오는 어두운 그림자도 보지 못했다. 오직 그 불빛 가까이에 있어서 행복하다는 생각만 하였다. 수컷 나방은 다시 힘을 모아서 날아올랐고, 이번에는 더 간절한 염

원이 담긴 향기를 내뿜으면서 불빛에게 다가갔다. 그때마다 불빛은 단호하게 수컷 나방을 거절했다. 수컷 나방은 왜 자신을 거부하는지 그 이유를 알려고도 하지 않았고, 불빛이 거부하면 거부할수록 더 애절하게 불빛으로 다가갔다. 그러다가 미끄러지고, 다시 날아올랐다.

그런 수컷 나방의 날개가 갑자기 공중에서 정지된 듯 움직이지 않았다. 무당거미의 거미줄에 걸린 것이다. 수컷 나방은 온 힘을 다해서 날개를 퍼덕였다. 잘 여문 개암보다 더 크게 자란 무당거미는 재빠르게 수컷 나방 쪽으로 다가왔지만, 상대가 워낙 커서 오히려 당황하고 있었다. 어서 수컷 나방에게 달려들어 끈적끈적한 거미줄로 꼼짝 못하게 옭아매고 싶었지만, 무당거미의 거미줄은 이미 여러 마리의 곤충들이 걸려서 몸부림을 친 뒤였기 때문에 저 거대한 나방의 무게를 지탱할 수 없었다. 무당거미는 조금 뒤로 물러나서 수컷 나방을 바라만 보고 있었다. 어쩌면 벌써 배가 터지도록 만찬을 즐긴 뒤였으므로 무모한 모험을 하고 싶지 않았는지도 모른다.

아무튼 수컷 나방이 바둥거릴수록 거미줄은 약해지고 있었다. 수컷 나방의 오른쪽 날개에 달라붙은 거미줄은 이미 갈기갈기 찢어진 상태였다. 그러자 수컷 나방은 자유로워진 오른쪽 날개를 이용해서 더욱 힘 있게 날갯짓을 하였고, 왼쪽 날개를 붙잡고 있던 거미줄도 어느 순간 툭 끊어져버렸다. 그와 동시에 수컷 나방은 아래쪽으로 추락했고, 멍하니 보고 있던 무당거미도 떨어졌다. 물론 무당거미는 재빠르게 비상 줄을 붙잡았다. 수컷 나방은 날개를 퍼덕이면서 간신히 땅 위로 내려앉았다. 무당거미는 역시 자신이 잡기에는 너무 큰 놈이었다고 생각하면서 서둘러 올라갔고, 수컷 나방은 아직도 날개 곳곳에 붙어 있는 거미줄을 떼어내려고 애를 쓰고 있었다. 안타깝게도 날개에 붙은 거미줄을 떼어낼 방법은 없었다. 날개는 몸에 비해서 엄청나게 컸고, 발은 작았다. 그러니 다리가 날개에 닿지 않았다. 날개를 오므려서 발이 있는 쪽으로 가깝게 했지만, 거미줄은 발이 닿지 않는 곳에 붙어 있었다. 그러니 수컷 나방이 할 수 있는 유일한 방법은 풀밭에서 날개를 마구 퍼덕이는 것뿐이었다. 밤이슬에 날개는 젖어갔고, 물기를 머금은 날개는 더욱 약해졌으며, 작은 풀잎에 스치기만 해도 찢어졌다. 그런 와중에도 수컷 나방은 불빛을 생각했다. 어서 날아올라서 저 불빛으로 가고 싶었다. 불빛만 보면 모든 고통도 사라지고 행복했다. 그래서 땅바닥을 기어 가로등 아래쪽으로 다가갔다.

그때 느티나무 밑에서 두 개의 파란 불빛이 보였다. 온통 색깔이 까만 고양이였다. 고양이의 왼쪽 얼굴에는 위에서 아래쪽으로 발톱에 그어진 날카로운 흉터가 세 개 있었다. 오른쪽 다리도 심하게 절었다. 그 다리와 얼굴이 파란만장한 삶을 살아왔음을 은연중에 암시하는 늙은 고양이였다. 고양이는 결코 서두르지 않고 살금살금 그 특유의 소리 없는 걸음으로 다가오더니, 나방이라고 만만하게 여기지 않고 새나 청설모를 단숨에 덮칠 때처럼 온몸을 솟구쳤다가 내려오면서 두 발로 수컷 나방을 낚아챘다.

　워낙 순식간에 일어난 일이라 수컷 나방은 아무런 고통도 느끼지 못했다. 불빛을 보고 날아올라야겠다고 생각하는 찰나 무엇인가 덮쳤고, 그대로 끝이 나버렸다. 이미 정신은 잃었지만 날개만큼은 살아야겠다는 본능으로 파닥거렸다. 그때마다 고양이는 더 세차게 입으로 물어뜯었고, 왼쪽 눈을 깜빡였다. 나방의 날개에서 떨어지는 가루들이 눈으로 파고들었기 때문이다. 그래도 고양이는 이렇게 큰 나방은 오랜만이라는 표정을 지으며 만족한 듯 입안으로 꾸역꾸역 삼켜버렸다. 소쩍새나 박쥐까지도 여유 있게 따돌리며 살아온 수컷 나방은 너무도 허무하게 죽음을 맞이했다.

멈추지 않는 생명의 흐름

　칠월 하순으로 접어들면서 여름은 절정으로 치닫고 있었다. 숲을 덮은 나뭇잎들은 아침에 떠오른 햇살과 더불어 황금빛 축복의 시간을 누리기 시작했고, 한낮 태양의 열기가 버겁게 느껴지는 시간에는 고마운 그늘을 만들어주었다. 물이 흐르고 그늘이 짙게 드리워진 골짜기에는 대목장처럼 사람들이 바글바글했다. 골짜기는 술에 취한 사람들의 흥얼거리는 소리와 물놀이하는 아이들의 재잘거리는 소리로 가득 찼다. 숲의 주인이 바뀐 듯했다. 정작 숲의 주인인 매미나 새 들은 조용했다. 사람들은 가끔씩 숲이 우거진 하늘을 쳐다보면서 고개를 갸우뚱하기도 했다. 자꾸만 빗방울이 떨어지는 소리가 났기 때문이다. 소나기인 줄 알고 하늘을 올려다보면 구름 한 점 없었다.

까만 열매 같은 것들이 나무 위에서 쉴 새 없이 떨어지고 있었다. 쌀알 모양으로 길쭉하게 생긴 것, 분꽃 씨앗 모양으로 둥글둥글하지만 약간 주름져 있는 것, 잘 빚어진 환약처럼 주름 하나 없이 둥글둥글한 것, 개똥 모양으로 길쭉하게 늘어진 것도 있었다. 모두 애벌레들의 똥이었다. 그렇게 떨어지는 똥을 보면 이 숲에 얼마나 많은 애벌레들이 살아가고 있는지 짐작할 수 있었다.

해가 개바위에 걸터앉아 쉬다가 천천히 내려가자, 그제야 사람들은 계곡을 떠났고 움츠렸던 이파리들이 생기를 되찾았다. 나무뿌리들은 더욱 부지런히 물을 빨아들여 갈증으로 지친 이파리들을 달래주었다.

어둠은 숲 속 가장 깊은 곳에서부터 기어 나오기 시작했다. 여치와 베짱이는 그런 어둠을 찬양하면서 늘 끼고 다니는 현악기를 연주했다. 어둠은 아주 천천히 움직였다. 그것은 밝은 빛에 익숙한 것들을 위한 배려였다. 이윽고 밝은 빛에 익숙한 것들이 집으로 돌아갔을 무렵 숲 속은 삽시간에 어둠으로 덮여버렸다. 달도 없었다. 숲은 먹물 빛 어둠에 잠겼다. 모든 생명체들이 꿈꾸는 어미의 자궁 속만큼이나 어두웠다. 그런 어둠 속에서 수많은 생명체들이 새로 태어나고 있었다. 밤은 새로운 생명들이 깨어나는 시간이었다.

암컷 가중나무고치나방이 알을 낳은 산초나무도 평화로워 보였다. 가끔씩 산초나무 줄기를 에워싸고 있는 갈대들이 서로의 잎을 부대끼면서 소리를 냈고, 산초나무 줄기에서 살고 있던 두 마리의 산호랑나비 애벌레도 시원한 공기를 들이마시면서 밤하늘을 쳐다보고 있었다. 갈색 바탕에 태극무늬가 그려진 자벌레도 한 마리 살고 있었다. 산초나무는 그들에게 넉넉한 인심을 베풀었다. 그만큼 가지에서 자라는 이파리들의 영양 상태는 좋은 편이었다.

산초나무 밑에 사는 갈댓잎에는 수많은 진딧물들이 살고 있었다. 어둠이 내리자마자 진딧물 사냥꾼인 무당벌레들은 어디론가 사라졌다. 진딧물 우유를 짜던 개미들도 집으로 돌아갔다. 진딧물들은 자신의 몸보다 긴 더듬이를 흔들면서 방목된 소처럼 돌아다녔다. 아주 어린 놈들은 연한 자수색이고, 어느 정도 자라면 풀색으로 변했다. 개미들이 진딧물을 짜지 않자, 그들은 아무 데나 우유를 토해냈다. 진딧물들이 토해낸 우유가 갈댓잎을 타고 방울방울 물방울이 되어 아래로 떨어졌다.

북쪽 하늘에서 북두칠성 형제들이 다 모여서 묵은 정담을 나누기 시작할 즈음이었다. 가장 먼저 암컷 가중나무고치나방의 배에서 나온 알이 꿈틀거렸다. 알은 깨알보다 훨씬 작았다. 그래도 그 자그마한 생명체는 여느 동물들의 몸짓과 마찬가지로 혼신의 힘을 다하고 있었다. 꿈틀꿈틀! 처음에는 간헐적으로 오 초나 십 초 간격으로 움직였다. 꿈틀꿈틀, 꿈틀꿈틀! 점차 그 움직임의 간격은 짧아졌다.

하얀 알 속에서 꿈틀거리는 작은 생명체가 드러났다. 애벌레는 까만색이었다. 애벌레는 장구벌레처럼 온몸을 움츠렸다가 갑자기 펴면서 요동쳤다. 바람이 산초나무 가지를 살그머니 흔들자 알 끄트머리 쪽이 툭 터졌다. 그 갑작스러운 변화에 적응하는 시간이 필요했는지 애벌레는 이십 초가량 움직임을 멈추고 신선한 공기를 온몸으로 빨아들였다. 애빌레는 천천히 머리를 내밀고 나머지 몸을 빼내려고 다시 몸부림을 시작했다.

그때부터 애벌레는 몸부림을 쳐야만 이 세상에서 살 수 있다는 것을 배웠다. 알은 단단하게 고정되어 있었기 때문에 움직이지 않았다. 알 속에 남은 길쭉한 몸은 좀처럼 나오지 않았다. 애벌레는 입으로 알껍데기를 더 이상 갉아대지 않았고, 제 어미였던 암컷 가중나무고치나방이 고치에서 나올 때처럼 오직 몸부림을 쳐서 몸을 빼내려고 하였다. 입으로 조금만 알을 물어뜯어도 쉽게 나올 수 있을 텐데, 애벌레는 조상들이 물려준 몸부림치는 본능에만 의존하고 있었다. 그렇게 오 분가량 몸부림치자 애벌레의 나머지 몸이 스르르 빠져나왔다.

애벌레는 연한 갈색 바탕에 털이 보송보송했지만 워낙 작아서 살아 있는 생명체임을 알아보기 힘들었다. 애벌레는 지친 상태였다. 몸은 촉촉했다. 애벌레는 자신이 빠져나온 알주머니 옆에서 움직이지 않았다. 바람이 불자 가느다란 산초나무 가지가 가볍게 흔들렸다. 그 가벼운 흔들림도 이 작은 애벌레를 죽음의 나락으로 떨어뜨릴 수 있었다. 애벌레는 긴장하면서 나뭇가지에 붙어 있었고,

바람이 잦아들자 좀 더 안전한 곳을 찾아 움직이기 시작했다.

이제 두 번째 애벌레가 알주머니를 찢고 있었다. 첫 번째 애벌레가 했던 그대로 알주머니 끝을 살짝 찢어내고 머리를 내민 다음, 오랜 몸부림 끝에 알 속에서 빠져나올 수 있었다. 두 번째 애벌레가 나오자, 세 번째 애벌레도 알 속에서 꼼지락거렸다. 알에서 무사히 빠져나온 두 번째 애벌레가 안전한 곳을 찾아 사라지자 네 번째, 다섯 번째, 여섯 번째, 일곱 번째, 여덟 번째 애벌레도 꿈틀거렸다. 그렇게 애벌레들은 한 마리씩 약간의 시차를 두고 깨어나고 있었다.

아홉 번째 애벌레는 다른 형제들과 달리 몸이 약간 노란빛이 났다. 주름이 많은 몸을 움츠렸다가 쭉 펴면서 움직이는 모습은 다른 형제들하고 같았지만 어쩐지 똑바로 기어가지 못했다. 그 애벌레는 뒷발이 조금 이상했다. 발이 양쪽으로 나란하게 난 게 아니라 한쪽은 다섯 개였고, 다른 쪽은 세 개였다. 애벌레는 기어갈 때마다 몸의 균형이 잡히지 않았고, 바람이 조금만 불어도 몸이 아래로 떨어지려고 했다. 그때마다 아직 힘이 붙지 않은 다리가 떨렸고, 결국 새벽이 올 즈음 나뭇가지 아래로 떨어져서 다시는 올라오지 못했다. 알에서 깨어난 가중나무고치나방 애벌레 중에서 가장 짧은 생을 산 셈이다. 부모 없이 자라야 하는 애벌레들에게 비정상적인 몸은 치명적이었다.

열 번째, 열한 번째, 열두 번째 애벌레도 차례로 깨어났다.

가장 늦게 나온 열세 번째 애벌레는 세상으로 나오자마자 작은 별빛을 보았다. 별빛이 부드럽게 애벌레의 몸에 쏟아졌다. 밤하늘의 별들은 더욱 많이 모여서 새로운 생명의 탄생을 축하해주고 있었다. 하지만 한 개의 알 속에서는 끝내 애벌레가 나오지 않았다. 암컷 가중나무고치나방이 낳은 열네 개의 알 중에서 열세 개의 알이 부화했지만, 그중 한 마리는 기형으로 태어나서 죽었기 때문에 열두 마리만이 별들의 축복을 받았다.

밤하늘을 빛내던 별들의 심지가 닳자 숲은 짙은 안개 속으로 빠져들었다. 어둠은 어느 순간에 슬그머니 꼬리를 내렸다. 이제 숲의 지배자는 안개였다. 안개는 어둠이 깔렸을 때보다 훨씬 더 사물들을 고립시켰다. 나무들은 바로 옆에 서 있는 이웃들조차 알아볼 수 없었다. 밀폐된 상자 속처럼 아무것도 보이지 않았다. 산초나무 주위는 깊은 골짜기 속이라서 그런지 안개의 농도가 더욱 짙었다. 골짜기는 회색 늪으로 보였다.

산초나무의 터줏대감인 산호랑나비 애벌레들은 배가 터지도록 이파리를 갉아 먹고 있었다. 이런 날씨에는 새들이 자유롭게 날아다니지 못한다는 것을 그들은 경험으로 알고 있었다. 나이가 꽉 찬 그들의 몸은 안개 속에서 더욱 초록색으로 짙어졌다. 참으로 아름다운 색이었다. 몸이 통통해서 둔해 보이지만 줄기를 타고 옆으로 움직일 때는 애벌레의 발이 잘 훈련된 군인들의 발처럼 빠르게 움직였다. 나뭇가지라는 레일 위를 달려가는 작은 꼬마 기차가 연상되기도 했다. 몸통에 비해서 유달리 커 보이는 머리에는 동물의 눈처럼 보이게 하는 까만 문양이 또렷하게 박혀 있었다. 입술 바로 위에는 오렌지색 돌기가 솟아 있었다. 두 마리의 산호랑나비 애벌레는 싱싱하고 부드러운 이파리만 골라서 갉아 먹었다.

산초나무의 이파리들에는 대부분 갉아 먹힌 흔적들이 남아 있었다. 그래서 수십 마리의 애벌레들이 살고 있는 것 같지만 자세히 보면 이파리의 상처들이 오래되었음을 알 수 있었다. 이파리를 보면 이 산초나무에 얼마나 많은 애벌레들이 살았는지 추측할 수 있었다. 이파리 상처가 아물고 그 옆에서 또 다른 잎이 돋아나 있으면 애벌레가 지나간 지 제법 오래되었고, 간신히 상처가 아물어 있으면 애벌레들이 며칠 전에 지나간 것이었다.

어쨌든 이 산초나무에는 수많은 애벌레들이 살았던 게 분명하다. 자벌레도 네 마리나 살았지만 지금은 한 마리만이 외롭게 살고 있었다. 호랑나비 애벌레들은 훨씬 많이 살고 있었다. 호랑나비 애벌레들은 어젯밤에 태어난 가중나무고치나방의 애벌레들처럼 십여 마리가 알에서 태어났다. 그러나 지금은 두 마리만이 살아남았으니, 그들이 얼마나 처절한 생존 경쟁을 거쳤는지 알 수 있다. 이곳에는 애벌레들의 천적이 그만큼 많다는 뜻이었다. 그래서인지 산호랑나비 애벌레들은 잠시도 방심을 하지 않았다. 배를 채우자

마자 서둘러 커다란 이파리 뒤로 가서 숨었다.

산호랑나비 애벌레들은 똥을 눌 때도 신경을 썼다. 똥이란 어쩔 수 없이 배설해내야 하는 음식물 찌꺼기로, 아무리 높은 나뭇가지에서 떨어뜨린다 해도 애벌레와 결코 떨어질 수 없는 존재였다. 똥에는 애벌레 자신만의 독특한 냄새가 배어 있다. 전적들은 그런 똥에서 풍기는 냄새를 통해 살아 있는 애벌레의 존재를 찾아낸다. 고치벌과 맵시벌 들은 애벌레의 똥 냄새를 귀신같이 맡고 찾아온다. 그들은 쉬파리만큼이나 똥 냄새를 잘 맡는다. 이 산초나무에서 살았던 산호랑나비 애벌레들 중에서는 고치벌과 맵시벌에게 당한 희생자가 가장 많았다. 똥 냄새를 맡고 날아온 벌들의 공격을 피하기란 무척 어려웠다.

산호랑나비 애벌레들은 거꾸로 몸을 돌린 다음 똥을 최대한 멀리 떨어뜨렸다. 산호랑나비의 엉덩이에서 나오는 똥은 호두알처럼 정교하게 조각이 되어 있었다. 최대한 냄새가 나지 않게 된똥을 누려고 하다 보니, 똥 모양이 단단해지면서 호두알처럼 굴곡이 진 것이다. 그래도 문제가 생겼다. 날씨가 화창한 날에는 똥이 금방 마르지만 습기가 많은 날에는 똥이 땅바닥에 떨어지면서 습기가 스며 물러진다. 습기 먹은 똥은 더욱 냄새가 강해진다. 차라리 비가 많이 내리는 날은 빗물이 똥을 씻어가기 때문에 안전하다. 이렇게 안개가 끼거나 이슬비가 내리는 날이면 애벌레들은 신경이 곤두선다. 수많은 기생벌들이 습해진 공기 속으로 흐르는 애벌레의 똥 냄새를 맡고 날아오기 때문이다. 그래서인지 호랑나비 애벌레는 안개가 걷힐 때까지 똥을 싸지 않았다.

어젯밤에 알에서 깨어난 가죽나무고치나방 애벌레들은 이런 사실을 몰랐다. 애벌레들은 저마다 이파리로 기어간 다음 향기 짙은 이파리를 위 속에다 쟁여 넣기 시작했다. 아직은 애벌레들이 워낙 작아서 아무리 갉아 먹어도 표가 나지 않았다.

열세 번째 애벌레는 자벌레 옆에서 이파리 하나를 차지하고 있었다. 자벌레는 이파리에 세로로 달라붙어서 길쭉한 몸을 활처럼 휘어지게 구부리면서 갉아 먹었다. 그런 다음 재빠르게 자기 몸하고 색깔이 비슷한 나무줄기로 가서 몸을 나란하게 눕혔다. 그러면 무엇이 자벌레이고 무엇이 나뭇가지인지 구별할 수가 없었다.

다른 가죽나무고치나방 애벌레들도 이파리를 갉아 먹은 다음에는 서둘러 가지로 내려갔다. 워낙 몸이 작기도 했지만 털이 보송보송한 갈색이기 때문에 나뭇가지에 달라붙으면 눈에 띄지 않았다. 이파리에서 나뭇가지까지 움직이는 거리가 결코 만만치 않았다. 자벌레는 일곱 번 정도 몸을 구부렸다가 펴기를 되풀이하면 갈 수

자벌레
자나방의 애벌레. 이동할 때 자처럼 반듯하게 구부렸다 펴면서 움직여서 자벌레라고 한다. 위험을 느낄 때는 몸을 나뭇가지처럼 위장한다. 자벌레의 성충인 자나방은 날렵한 몸과 큰 날개를 가졌으며, 날지 않을 때는 날개를 수평으로 펼쳐놓는다.

있지만, 몸이 작은 애벌레들은 십 분이 넘도록 기어가는 경우도 있었다. 게다가 안개에 젖은 가지는 미끌미끌했다. 가중나무고치나방 애벌레 한 마리가 갈대숲 아래로 뻗은 나뭇가지에서 기어오다가 미끄러지면서 땅으로 떨어졌다. 열두 번째로 태어난 애벌레였다. 열두 번째 애벌레는 갈대 줄기를 타고 기어올랐지만 진딧물 우유를 짜러 오던 일개미의 공격을 받았다. 일개미의 턱에 물리자 몇 번 몸을 뒤틀어서 저항했지만 이내 잠잠해졌다. 일개미는 진딧물 우유 대신 맛있는 고기를 입에 물고는 신나게 갈대 줄기를 내려갔다. 이렇게 해서 또 한 마리의 가중나무고치나방 애벌레가 죽었다. 이제 남은 애벌레는 모두 열한 마리였다.

안개 속에서 햇무리가 점점 커졌다. 햇무리는 물 파장처럼 번져 나가더니 어느 순간 안개를 몰아냈다. 갑자기 안개 장막이 사라졌고, 태양빛이 채찍처럼 쏟아지기 시작했다. 숲의 나무들에게 어서어서 자라야 한다고 마구 다그치고 있었다. 그러자 숲의 나무들은 하나라도 많은 이파리를 내밀고, 남보다 더 높은 곳으로 가지를 뻗어 올리기 위해서 기를 썼다. 햇살은 피부가 약한 가중나무고치나방 애벌레들에게 화상을 입힐 수도 있었다. 애벌레들은 서둘러 줄기 밑으로 피했다. 다른 날보다 늦게 하루 일과를 시작한 새들의 움직임은 더 바빴다. 지금 숲에 있는 둥지 속에는 어린 새끼들이 자라고 있었다. 대부분의 새끼들은 어린 티를 벗고서 제법 어른들만큼 덩치가 성숙해 있었다. 성장 속도가 빠른 놈들은 둥지를 박차고 날아올라서 나뭇가지에 앉아 어미한테서 먹이를 받아먹기도 했다. 어미 새들이 가장 많은 먹이를 사냥해야 하는 시기였다. 새끼들이 커감에 따라 사냥하는 먹잇감도 커졌다.

초여름에 알에서 깨어난 애벌레들도 새끼들의 성장 속도에 맞추어 덩치가 커져 있었다. 산초나무에 살고 있는 산호랑나비 애벌레와 자벌레는 거의 다 자란 상태였다. 노련해진 산호랑나비 애벌레와 자벌레는 새들을 무척 경계하였다. 새들이 왕성하게 활동하는 시간에는 아예 몸을 움직이지 않았다.

알에서 나온 지 얼마 되지 않은 가죽나무고치나방 애벌레들은 새들을 신경 쓰지 않았다. 워낙 몸이 작아서 새들의 눈에 띄지 않는다는 것을 알고 있었다.

가죽나무고치나방의 애벌레는 일 년에 두 번 정도 알에서 깨어난다. 한 번은 초여름이고, 또 한 번은 7월 중하순 무렵이다. 초여름에 깨어난 애벌레들은 7월 하순, 지금 이맘때쯤 성숙해진다. 이들은 어린 새들의 성장 속도와 비슷하게 자라서 그만큼 새들의 공격을 많이 받는다. 그렇다면 초여름보다는 한여름에 깨어나는 애벌레들이 절대적으로 생존에 유리하다는 뜻이 된다. 그런데도 암컷 나방들은 일 년에 두 번으로 나누어서 알들이 깨어나게 했다. 한여름에 깨어난 애벌레들은 새들의 공격은 피할 수 있지만, 어쩌면 새들보다 더 무서운 천적인 기생벌들의 공격을 당할 수 있기 때문이다. 초여름에 깨어난 애벌레들은 새들에게 공격을 많이 받지만 상대적으로 기생벌들의 공격을 적게 받고, 한여름에 태어난 애벌레들은 새들의 공격은 피할 수 있지만 숱한 번식으로 개체 수가 많아진 기생벌들의 공격에 많은 희생자를 내기 마련이다. 그래서 암컷 나방들은 알들이 일 년에 두 번 깨어나도록 조절을 하는 것이다.

하지만 지금 애벌레 사냥에 나선 새들은 이 산초나무에는 관심을 두지 않았다. 새들은 그동안 이 산초나무에서 숱하게 사냥을 했으니, 이제는 더 이상 사냥감이 없다는 판단을 하고 있었다. 산초나무 가지에서 사냥하는 새들은 까치나 어치처럼 큰 새들이 아니었다. 오목눈이나 박새, 동고비, 딱새, 곤줄박이 정도였다.

동고비 한 마리가 졸참나무 가지에 앉았다. 부리에서부터 눈이 있는 얼굴 중앙을 옆으로 가로지른 까만 줄무늬가 강한 인상을 풍겼다. 동고비는 나뭇가지에 낮게 앉아서 주위를 두리번거렸다. 부리는 덩치에 비해서 날카로웠고, 몸은 삼각형 모양으로 단단하게 뭉쳐져 있었다. 햇볕이 푸르스름한 등을 비출 때는 연하게

동고비
몸 13cm, 날개 7~8cm 정도 크기의 새이며 몸집에 비해 큰 금속성 울음소리를 낸다. 몸의 위쪽은 잿빛이 도는 청색, 아래쪽은 흰색이다. 나무 위에서 생활하며, 나무줄기를 아주 잘 탄다. 여름에는 거미나 곤충, 겨울에는 식물의 씨앗이나 나무열매를 먹는다. 딱따구리의 낡은 둥지나 나무 구멍에 둥지를 틀고 지낸다.

무지갯빛이 나타나 보이기도 했다. 동고비는 졸참나무 가지에서 날아오른 다음 산초나무를 지나 신갈나무 숲으로 들어갔다. 최소한 불혹은 넘겼음직한 신갈나무들은 저마다 쪽 빠진 몸매를 자랑하면서 계곡 아래까지 숲을 이루고 있었다. 워낙 줄기와 가지 들이 커서 나무와 나무 사이의 간격은 아주 넓었다. 그렇지만 하늘은 거의 보이지 않았다. 물이 흐르는 골짜기도 신갈나무들이 가리고 있었다. 마치 계곡물을 보호하듯이 물이 흐르는 계곡 바닥에만 신갈나무들이 없었고, 계곡 가에는 잎이 더욱 무성한 신갈나무들이 서 있었다. 가끔씩 늙은 신갈나무들이 부러져서 초록색 하늘이 툭 터진 것처럼 보이는 곳이 있었다. 그런 곳에는 다래나무 덩굴이 서둘러 자리를 잡고는 어린 신갈나무들이 자라지 못하게 하였다.

동고비는 신갈나무 숲을 이리저리 돌아다니다가 그 다래나무 덩굴이 얽혀 있는 속으로 들어갔다. 다래나무 덩굴 속에는 애벌레들이 가장 많았다. 동고비는 어제 사냥했던 기억을 되살리면서 통통하게 살이 오른 박각시나방 애벌레를 찾으려고 두리번거렸다. 그때 아주 거친 목소리가 들렸다. 동시에 뒤에서 뭔가 사납게 덮쳤다.

어치였다. 먼저 자리를 잡은 어치는, 어서 물러나지 않으면 너를 잡아다가 새끼들에게 먹이겠다는 기세로 공격했다. 동고비는 어치의 발부리를 살짝 피하면서 계곡으로 내려앉았다. 며칠 전에도 이 어치한테 공격을 받은 적이 있다. 동고비는 화가 날 대로 나서 자신이 토해낼 수 있는 가장 강한 목소리로, 이대로 물러날 수 없다는 뜻을 분명히 밝혔다. 동고비의 몸이 활시위를 떠난 화살처럼 빠르게 어치를 향해 날아갔다. 적을 향해 돌진하는 멧돼지 같았다. 삼각형으로 생긴 동고비의 몸은 모든 체중을 앞에 있는 부리로 모았고, 그대로 어치를 향해 돌진했다. 그 부리에 쪼인다면 어치도 치명적인 상처를 입게 된다.

갑작스러운 반격에 깜짝 놀란 어치는 하마터면 다래나무 덩굴에서 떨어질 뻔했다. 어치는 간신히 몸의 균형을 잡으면서 까마귀와 까치를 상대할 때 쓰는 커다란 날개로 받아치면서 공격을 피했다. 하늘이 툭 트인 곳이라면 동고비의 공격이 더 효과적이었을지도 모른다. 그곳은 빠르게 공격하는 동고비가 자유롭게 움직일 수 있는 공간이 많지 않아서 불리했다. 그래서인지 동고비는 성난 어치가 공격 준비를 하자 슬그머니 몸을 돌리면서 다래나무 덩굴을 빠져나왔다. 아니 하늘이 툭 트인 곳이었다고 해도 더 이상은 어찌할 수 없었다. 그만큼 어치는 사납고 강한 존재였다. 어치의 부리에 잘못 걸리면 저항 한 번 못 해보고 목숨을 잃을 수도 있다.

동고비는 다시 한 번 어치를 향해서 요란한 목소리로 화풀이를 한 다음 신갈나무 숲을 이리저리 돌아다니다가 산초나무 쪽으로 날아와서 앉았다. 어떤 의도를 가지고 날아온 게 아니라 우선 그 자리를 피하고 보자는 생각으로 우연히 날아온 것이다.

동고비는 이 산초나무에서 서너 마리의 애벌레를 잡은 기억이 났다. 이 산초나무에는 더 이상 애벌레들이 없을 거라고 생각했다.

일주일 전에도 애벌레를 한 마리 잡았고, 그 뒤로도 몇 번 와서 뒤져보았지만 더 이상 눈에 띄지 않았기 때문이다.

동고비는 아직도 화가 풀리지 않아서, 어치를 향해 마구 욕설을 뱉어냈다. 그러면서 자기 본능대로 산초나무 줄기에 거꾸로 매달려 어치가 추격해 오는지 슬쩍 쳐다보다가 그만 깜짝 놀라고 말았다. 산초나무 잎 뒤에서 무엇인가 눈을 동그랗게 뜨고 자신을 노려보고 있었다. 어치한테 쫓겨서 아직도 흥분 상태에 있던 동고비는 순간적으로 자기보다 큰 동물이라고 생각했다. 그도 그럴 것이, 몸은 보이지 않고 자기 눈보다 훨씬 큰 눈이 자신을 노려보고 있었기 때문이다. 그것은 산호랑나비 애벌레의 이마에 새겨진 동그란 문양이었다.

동고비는 당황하면서 거꾸로 매달렸던 한쪽 다리를 풀고 날개를 퍼덕이려고 했다. 산호랑나비 애벌레도 깜짝 놀라면서 입술 위에 있는 노란색 뿔을 내밀었다. 동고비는 더욱 깜짝 놀라서 날아올랐다. 한참 졸참나무 위로 날아가던 동고비는 전에도 이런 경험이 있다는 사실을 떠올렸다. 요 며칠간 산호랑나비 애벌레를 사냥하지 못했기 때문에 잠시 잊어먹고 있었다. 동고비는 뒤늦게 그 이상한 눈을 하고 주황색 뿔을 내민 것은 새끼들이 가장 좋아하는 산호랑나비 애벌레라는 사실을 알고는 감쪽같이 속은 자기 자신을 탓하듯이 요란하게 소리쳤다. 이미 동고비의 몸은 공중에서 옆으로 원을 그리며 방향을 바꾸었고, 조금 전보다 더 빠르게 산초나무 쪽으

로 날아갔다. 산초나무에는 더 이상 사냥감이 없는 줄 알았던 동고
비는 조금 흥분했다.

동고비는 산초나무 가지에 앉았지만 어디에 산호랑나비 애벌레
가 있는지 찾을 수가 없었다. 조금 전에 앉았던 산초나무 가지가 어
느 것인지도 알 수 없었다. 그만큼 산초나무 가지는 비슷비슷했다.
동고비는 산호랑나비 애벌레가 있음직한 곳을 뒤지기 시작했다.
나무줄기에 붙어서 산호랑나비 애벌레가 떨어뜨리는 똥을 기다렸
다. 만약 똥을 싼다면 녀석이 어디쯤 숨어 있는지 알 수 있었다.

하지만 노련한 산호랑나비 애벌레들은 동고비가 무슨 생각을 하
는지 알고 있었다. 동고비는 더 이상 기다릴 수 없었다. 가지에 거
꾸로 매달려서 사방을 두리번거리기 시작했다. 이쪽 가지로 날아
갔다가 다시 저쪽 가지로 날아가고, 맨 위에 있는 가지에 올라가서
애벌레들이 공포감을 느끼도록 요란하게 소리치기도 했지만 아무
런 소득이 없었다. 하늘에서는 햇볕이 뜨겁게 쏟아지고 있었고, 멀
리서 암컷이 부르는 소리도 들렸다. 아직 아침밥을 먹지 못한 새끼
들이 심하게 보채는 모양이었다. 동고비는 산호랑나비 애벌레 사
냥을 포기하고 다른 곳으로 날아가기 위해서 옆으로 뻗은 줄기 위
로 똑바로 앉았다. 그때 발가락 사이에서 무엇인가 꼼지락거렸다.

자벌레였다. 공교롭게도 동고비의 발에 자벌레가 밟힌 것이다.
정말 예상하지 못한 일이었다. 자벌레는 당황하면서 나뭇가지에
더욱 찰싹 달라붙었다. 동고비는 길쭉한 부리로 자벌레를 낚아채

려고 했다. 자벌레는 끄떡도 하지 않았다. 동고비는 자벌레를 물고 부리의 힘으로 잡아당겼다. 자벌레는 고무줄처럼 늘어지면서 나뭇 가지로부터 떨어졌다. 동고비는 자벌레를 나뭇가지에다 몇 차례 후려쳤다. 자벌레가 축 늘어졌다. 산호랑나비 애벌레보다는 작지 만 굶주린 새끼 한 마리의 입을 달래기에는 충분한 먹이였다. 동고 비는 날개를 부챗살 모양으로 펴면서 날아갔다.

개미한테 쫓기다

계곡 아래쪽에는 활짝 꽃을 피운 누리장나무가 숲 속의 모든 벗들을 불러놓고 꿀과 꽃가루를 인심 좋게 나누어 주고 있었다. 누리장나무는 줄기가 그리 굵지 않아서 보잘 것없었지만 오동나무처럼 생긴 이파리는 제법 커서 신갈나무와 견줄 만했으며, 곤충의 더듬이처럼 축축 늘어지는 꽃술이 매달린 하얀 꽃은 수국만큼이나 화려했다. 그래서 수많은 곤충들이 누리장나무가 벌이는 잔치 마당으로 날아들었다. 가장 멋쟁이 손님은 긴꼬리제비나비 암컷이었다. 공기를 가르고 부력을 얻는 데 쓰이는 긴꼬리제비나비의 까만색 날개 윗부분은 모시옷처럼 얇아서 햇살이 비치면 속이 투명해지며 전혀 상상할 수 없었던 여러 가지 색으로 빛났다. 날아갈 때 방향을 바꾸고 중심을 잡아주는 역할을 하는 날개 아래쪽은 연 꼬리처럼 길게 늘어져서 주황색 줄무늬를 띠고 있었다.

긴꼬리제비나비는 다른 손님들처럼 꽃송이에 반듯하게 앉아서 만찬을 즐길 만큼 마음의 여유가 없었다. 워낙 성격이 예민해서 바람만 불어도 날아올랐다. 긴꼬리제비나비는 발로 꽃송이를 붙잡고 둘둘 말린 입을 쭉 펴서 음식을 먹기 시작했는데, 눈은 항상 주위를 경계하였고, 어느 때고 날아오를 수 있도록 정지 비행을 하면서 날개를 파닥거리고 있었다.

긴꼬리제비나비는 누리장나무에서 실컷 꿀을 먹은 다음, 고맙다는 인사를 하듯이 누리장나무 위를 두어 바퀴 빙글빙글 돌았다. 그리고 곧장 계곡으로 내려가서 습기가 촉촉하게 젖어 있는 바위 아래쪽에 앉아서 물을 마셨다. 물가에서 햇볕을 쬐고 있던 산개구리가 물속으로 풍덩 뛰어들었다. 깜짝 놀란 긴꼬리제비나비가 날아올랐다. 긴꼬리제비나비는 왼쪽 오른쪽으로 방향을 바꾸면서 날았다. 천적의 공격을 피하기 위한 버릇된 행동이었다. 어느 정도 날

긴꼬리제비나비
날개가 검고, 뒷날개 가장자리에 다섯 개의 붉은빛 초승달 문양이 있다. 또 수컷은 뒷날개의 앞부분 가장자리에 노란 무늬가 있다. 낮은 구릉이나 계곡 근처에서 주로 볼 수 있다. 애벌레는 산초나무, 초피나무의 잎을 먹고 자라며, 번데기 상태로 겨울을 난다.

아올라서야 자신이 너무 과민하게 반응했다는 사실을 깨달았다. 긴꼬리제비나비는 균형이 잘 잡힌 날개를 반듯하게 펴고 계곡에서 불어오는 바람에 의지해서 날아다녔다. 날개 한 번 펄럭이지 않고서도 이 골짜기를 위에서 아래까지 날아갈 수 있었다.

어디선가 익숙한 냄새가 풍겨 왔다. 산초나무 냄새였다. 자신이 애벌레였을 적에 그 잎을 먹고 자랐기 때문에 쉽게 알 수 있었다. 만약 수컷 나비였다면 그냥 지나쳤을 것이다. 더 이상 수컷 나비에게 산초나무는 의미가 없었기 때문이다. 하지만 이 긴꼬리제비나비의 배 속에서는 알들이 숙성되어 세상으로 나갈 날만 기다리고 있었다. 긴꼬리제비나비는 자신이 살았던 산초나무를 기억하려고 애를 썼고, 가급적이면 그곳으로 돌아가서 알을 낳으려고 했다. 그러다 보니 지금까지 알을 낳지 못하고 있었다. 시간이 흐를수록 알들은 어서 내보내 달라고 보채는 듯했다. 조금만 앉아서 쉬려고 하면 엉덩이 쪽에서 알들이 터져 나오려고 했다.

긴꼬리제비나비는 산초 냄새가 나는 쪽으로 살그머니 내려왔다. 골짜기 양달 비탈진 곳에 있는 산초나무를 보는 순간 긴꼬리제비나비는 마음에 들었다. 하나의 뿌리에서 돋아난 다섯 개의 줄기는 이파리가 싱싱했다. 계곡 아래쪽으로는 신갈나무들이 울창하게 숲을 이루고 있었지만 산초나무를 살짝 가릴 뿐이었다. 산초나무 뒤쪽에는 키가 작은 십여 그루의 졸참나무들이 자라고 있었고, 양옆에는 오리나무와 팥배나무 들이 우거져 있었다. 모두가 이 산초나무가 사는 영역만큼은 인정을 해주는 듯했다. 긴꼬리제비나비는 이곳에다 알을 낳기로 했다.

긴꼬리제비나비는 산초나무 가까이 내려가서 이파리들을 살폈다. 순간 긴꼬리제비나비는 뭔가 망설였다. 가까이 가서 보니 이파리마다 애벌레들이 갉아 먹은 흔적이 있었다. 다른 애벌레들이 이 나무에서 살고 있거나 살다 갔음을 알 수 있었다. 만약 다른 애벌레들이 살고 있다면 심각하게 생각해야만 했다. 나무 이파리는 한정되어 있는데, 애벌레들이 많다면 큰 문제가 따른다. 긴꼬리제비나비는 다른 산초나무를 찾아서 날아가려고 했지만, 그러기에는 이 나무가 너무 좋았고, 배 속에서는 더 이상 참을 수 없을 만큼 알들이 자극을 주고 있었다. 긴꼬리제비나비는 망설이다가 산초나무 이파리를 몇 개 뒤지기 시작했다. 금세 며칠 전에 깨어난 가중나무고치나방 애벌레 몇 마리가 보였다. 그 정도라면 큰 문제가 되지 않는다고 판단하고는 알을 낳으려고 내려앉았다.

그 순간 이파리 밑에서 산호랑나비 애벌레가 마치 긴꼬리제비나비를 공격하듯이 기어오르면서 오렌지색 뿔을 쭉 내밀었다. 동고비를 만났을 때 엉거주춤 내밀던 모습하고는 사뭇 달랐다. 산호랑나비 애벌레는 아주 당당하게 자신의 모습을 드러냈고, 뒷다리로 가지에 달라붙어서 중심을 잡고 약 60도 각도로 몸을 일으켜 세운 뒤 다시금 오렌지색 뿔을 내밀었다. 이곳엔 자신들이 살고 있으니 다른 곳으로 날아가서 알을 낳으라는 경고의 뜻이었다.

긴꼬리제비나비는 순발력 있게 날아서 산초나무 위를 빙글빙글 돌았다. 산호랑나비는 자신들하고는 사촌이라 할 수 있지만 먹는 나뭇잎이 비슷해서 늘 경쟁 관계에 있었다. 만약 비슷한 시기에 산호랑나비와 긴꼬리제비나비가 산초나무에다 알을 낳는다고 하면, 먼저 깨어난 쪽이 다른 나비가 낳은 알을 먹어치울 수도 있다. 그래야만 먹이 경쟁을 하지 않고 편안하게 살아갈 수 있기 때문이다.

긴꼬리제비나비 암컷은 다시 망설였지만, 조금 전에 마주친 산호랑나비 애벌레가 곧 번데기로 변할 나이에 이르렀음을 알았다. 그렇다면 상관없었다. 긴꼬리제비나비는 다시 한 번 산초나무 주위를 날아다녔다. 더 이상 산호랑나비 애벌레들이 눈에 띄지 않았다. 다른 한 마리는 산초나무 가지의 맨 아래쪽에 붙어 있었기 때문이다.

하늘에 뜬 해는 골짜기 꼭대기 쪽으로 넘어가고 있었다.

긴꼬리제비나비는 산초나무 위를 빙글빙글 돌다가 뭔가 옆으로 스쳐 가는 곤충을 발견하고는 왼쪽으로 방향을 바꾸었다. 쌍살벌이었다. 계곡에서 물을 마시고 신갈나무 숲을 빠져나온 쌍살벌은 산초나무 바로 뒤에 있는 졸참나무 가지 속으로 날았다. 길쭉한 졸

뱀 허 물 쌍 살 벌
말벌과에 딸린 곤충. 적갈색 바탕에 노란 줄무늬와 반점이 있다. 나뭇가지나 잎의 뒷면, 바위에 뱀 허물처럼 길게 집을 짓고 살며, 겨울에는 집을 떠나 겨울잠을 잔다. 꿀을 모으지 않으며 거미 같은 다른 곤충들을 잡아먹는다. 나비나 나방의 애벌레를 잡아서 그 먹이로 새끼를 기른다.

참나무 이파리에 반쯤 가려졌지만 뱀 허물 모양으로 늘어진 쌍살벌집이 보였다. 뱀허물쌍살벌이었다. 새끼들의 육아방을 보호하기 위해서 벌집의 등만 보였지만, 그곳에서는 수백 마리의 쌍살벌들이 붙어서 일을 하고 있었다. 쌍살벌은 애벌레들에게 무서운 적이었다.

긴꼬리제비나비는 뱀허물쌍살벌 집이 너무 가까운 곳에 있다는 사실이 불안했다. 긴꼬리제비나비는 다시 한 번 뱀허물쌍살벌 집 근처로 날아가서 그들의 동태를 살피려고 했다. 보초를 서던 뱀허물쌍살벌 다섯 마리가 날아왔다. 긴꼬리제비나비는 커다란 날개로 뱀허물쌍살벌들을 후려치면서 재빠르게 고도를 낮추었고, 벌들이 계속 추격해 오자 다시 한 번 큰 날개로 제압했다. 뱀허물쌍살벌들은 순간적으로 정신을 잃고 떨어졌지만 곧 깨어나서 반격해 올 것이다. 긴꼬리제비나비는 서둘러 신갈나무 숲 속으로 달아났다.

어린 가중나무고치나방 애벌레들은 전혀 위험을 알아채지 못했다. 그곳에다 알을 낳은 암컷 가중나무고치나방도 뱀허물쌍살벌의 존재를 확인하지 못했다. 어린 가중나무고치나방 애벌레들은 틈만 나면 산초나무 잎을 갉아 먹고, 똥을 싸고, 잠을 잤다. 몸은 처음 알에서 깨어났을 때보다 커졌지만 아직도 거의 눈에 띄지 않았다. 산초나무 밑에 있는 갈댓잎에서 자라는 진딧물보다 작았다.

열세 번째 애벌레는 땅에서 개구리들이 펄쩍 뛰면 닿을 만큼 낮은 곳으로 뻗은 가지에 붙어 있었다. 오늘 아침에는 산호랑나비 애벌레 한 마리가 그곳으로 내려왔다. 열세 번째 애벌레는 산호랑나비 애벌레가 두려워서 줄기 밑으로 피했다. 산호랑나비 애벌레도 열세 번째 애벌레를 보았지만 별로 신경 쓰지 않았다. 이제 산호랑나비 애벌레는 머지않아 번데기가 될 것이다. 그래서 산호랑나비 애벌레는 갈대들이 잘 가려주는 산초나무 줄기에서 자꾸만 오르락내리락하였다. 자신이 번데기로 변할 때 머물러 있을 만한 장소를 물색하는 중이었다. 번데기로 변할 때는 아주 위험하기 때문에 무척 신중했다. 산호랑나비 애벌레의 얼굴은 뭔가 아주 중요한 일을 앞두고서 고민에 잠긴 표정이었다. 그러다가 해가 하늘 한복판에 정지해 있을 즈음, 약간 머리를 처들고는 움직이지 않았다.

열세 번째 애벌레는 다른 줄기로 이사하기 위해서 아래쪽으로 기어가다가 무엇인가 기어 오는 것을 보고 옆으로 살짝 몸을 틀었다. 무당벌레였다. 알록달록한 옷을 입은 무당벌레는 입에다 진딧물 한 마리를 물고 있었고, 그 뒤에는 오렌지색 개미 두 마리가 추격해 오고 있었다. 개미들은 무당벌레보다 훨씬 작아서 상대가 되지 않을 것 같았지만 강력한 개미산을 뿌려대면서 추격해 왔다. 자신들이 기르는 진딧물을 어서 내놓으라고 소리치는 것 같았다. 열세 번째 애벌레가 있는 곳까지 기어 온 무당벌레는 안 되겠다고 생각했는지 딱딱한 등껍질을 들어 올리고는 날개를 펼쳐서 날아가

버렸다. 화가 난 개미들은 무당벌레가 날아간 쪽에다 개미산을 마구 쏘아댔다.

개미들은 그냥 내려가려고 하다가 열세 번째 애벌레를 보았다. 열세 번째 애벌레도 개미들을 보고는 천천히 물러났다. 개미들은 상대가 어린 애벌레임을 알고 천천히 다가왔다. 개미들은 애벌레보다 훨씬 컸다. 열세 번째 애벌레는 도망갈 곳이 없다는 사실을 알았다. 앞에는 개미들이 있었고, 뒤쪽에는 산호랑나비 애벌레가 자고 있었다. 자기 힘으로는 개미들을 물리칠 수 없다는 사실도 알았다. 열세 번째 애벌레는 산호랑나비 애벌레를 떠올렸고, 어쩌면 그 큰 애벌레가 자신에게 도움이 될지도 모른다고 생각했다. 열세 번째 애벌레는 산호랑나비 애벌레가 자고 있는 곳으로 기어가기 시작했다. 주름진 몸을 움츠렸다가 펴면서 달아났다. 아무리 빨리 달려도 애벌레의 발은 나뭇가지에 붙어 있는 것들이 더 많았다.

개미들은 육상 선수처럼 빨랐다. 눈 깜짝할 새 개미 한 마리가 다가와서 열세 번째 애벌레 뒤에서 공격했다. 열세 번째 애벌레는 몸을 뒤틀면서 저항했다. 개미는 주춤했다. 열세 번째 애벌레는 다시 달아나기 시작했다. 개미들도 포기하지 않고 추격해 왔다.

그것은 너무나도 불공평한 시합이었다. 추격하는 쪽은 단단한 갑옷으로 온몸을 무장하고 있었고, 게다가 애벌레의 살가죽을 한번에 물어서 잘라버릴 수 있는 날카로운 턱에다 땅강아지도 한순간에 기절시킬 수 있는 개미산에다 빠르게 움직일 수 있는 발까지

갖고 있었다. 반면 쫓기는 쪽은 가시에 살짝 긁히기만 해도 치명적인 상처가 날 만큼 피부가 약했고, 날카로운 턱이나 독도 없었고, 몸을 빠르게 움직일 수도 없었으며, 무당벌레처럼 날아갈 수 있는 날개도 없었다.

애벌레는 끝까지 포기하지 않고 산호랑나비 애벌레가 잠자는 곳까지 왔다. 열세 번째 애벌레는 산호랑나비 애벌레 옆으로 바싹 다가갔다. 개미들은 어린 애벌레만 쫓아오느라고 엄청나게 큰 산호랑나비 애벌레가 있다는 것을 알지 못했다. 개미들은 자기도 모르게 산호랑나비 애벌레 몸에 기어 올라갔다가 깜짝 놀랐다. 하지만 이미 때늦은 뒤였다.

잠에서 깨어난 산호랑나비 애벌레는 개미들이 등에 올라타자마자 거칠게 몸을 뒤틀면서 이놈들을 혼내주겠다는 듯이 마구 흔들어댔다. 어찌나 세게 흔들어대는지 산호랑나비 애벌레의 머리에 부딪힌 산초나무 이파리 하나가 떨어질 정도였다. 그와 동시에 개미들도 떨어져버렸다. 정말 어마어마한 힘이었다.

헌 옷을 벗는 애벌레들

　개바위 너머로 붉은 구름 댕기가 드리워지고, 달궈진 해가 식어 내리고 있었다. 열세 번째 애벌레는 개미를 혼내준 산호랑나비 애벌레로부터 한 뼘가량 떨어진 곳에서 산초나무 이파리를 갉아 먹었다. 그러다가 뭔가 위에서 툭 떨어지는 소리에 깜짝 놀라며 고개를 쳐들었다. 산초나무 쪽으로 쭉 뻗은 신갈나무 가지에서 도토리가 달린 가지 하나가 떨어졌다. 다행히도 신갈나무 가지는 산초나무 옆으로 떨어졌다. 열세 번째 애벌레는 가만히 있었지만 산호랑나비 애벌레는 뭔가 위험한 일이라도 닥친 것이 아닌가 하고 더 안전한 줄기 아래쪽으로 기어갔다.

　십여 미터 위에 있는 신갈나무 가지에서 살이 통통 오른 청설모한 마리가 산초나무를 내려다보고 있었다. 너무 살이 찐 나머지 툭 불거져 나온 눈동자가 거만하게 보였다. 부풀어 오른 꼬리는 자기 얼굴보다 더 컸다. 청설모는 또 다른 가지를 두리번거리다가 도토리가 매달린 가지를 발견하고는 걸어갔다. 그 무게를 이기지 못한 신갈나무 가지가 휘어지면서 아래쪽으로 축 늘어졌다. 그러거나 말거나 청설모는 가지 끝까지 내려가더니 입으로 줄기를 갉아댔다. 초록색 도토리가 앙증맞게 달린 줄기가 밑으로 떨어졌다. 그 줄기는 열세 번째 애벌레와 산호랑나비 애벌레가 있는 산초나무 가지로 떨어졌다.

하마터면 산호랑나비 애벌레의 등을 후려칠 뻔했다. 신갈나무 가지는 산호랑나비 애벌레의 등을 살짝 빗나갔다. 놀라고 화가 난 산호랑나비 애벌레는 주황색 뿔을 내밀면서 마구 머리를 흔들다가 제 풀에 지쳐서 가만히 있었다.

바람이 산초나무 가지를 흔들었다. 산초나무 가지에 걸쳐 있던 신갈나무 가지가 아래로 떨어졌다. 산초나무 밑에는 어느새 신갈나무에서 내려온 청설모가 역시 거만한 눈으로 산호랑나비 애벌레

청설모
다람쥐과. 몸은 회색을 띤 갈색이고, 꼬리는 검은색이다. 2월에 짝짓기를 하여 네댓 마리의 새끼를 낳는다. 밤 도토리 같은 나무 열매와 나뭇잎, 나무껍질을 잘 먹으며, 새알이나 어미 새도 잡아먹는다. 늦가을부터 바위 구멍이나 땅속에 열매를 저장해서 겨울을 난다.

를 노려보고 있었다. 그러다가 자신이 나무에서 떨어뜨린 가지가 내려오자 폴짝 뛰어서 두 발로 붙잡았다. 이미 왼쪽 볼은 불룩하게 부풀어 있었다. 청설모는 초록색 도토리를 입안에다 넣었다. 이번에는 오른쪽 볼도 부풀어 올랐다.

계곡 아래쪽에서 어치 한 마리가 요란하게 떠들어대면서 날아올랐다. 누군가 이쪽으로 온다는 신호였다. 청설모는 재빠르게 신갈나무 위로 올라갔다. 다리를 최대한 구부리면서 몸을 나무에다 밀착시켰고, 꼬리마저도 나무줄기에 착 붙였다. 나무 위로 올라가서 옆으로 뻗은 가지 위를 달려갈 때는 마치 운동장을 달리는 것 같았다. 네 개의 다리 중에서 두 개는 항상 떠 있었고, 몸의 중심을 잡아주는 꼬리 깃털은 한껏 부풀어 올라 있었다. 청설모는 가지와 가지 사이를 장난치듯이 뛰어다니다가 아래쪽을 보았다.

오십 대 초반의 두 여자가 커다란 막대기로 숲을 헤치면서 걸어오고 있었다. 청설모가 떨어뜨려 놓은 도토리를 주우려고 온 사람들이었다. 이미 경험으로 그것을 알고 있는 청설모는 나무 위에서 요란하게 떠들어댔다. 그건 내가 떨어뜨려 놓은 것이니까 가져가지 말라는 뜻이었다. 그러다가 그만 입안에 물고 있던 도토리 하나를 떨어뜨리고야 말았다. 청설모는 나무 아래로 내려가려던 순간 주춤했다. 몸이 뚱뚱한 여자가 나무 위를 올려다보면서 막대기를 쳐들었기 때문이다. 겁이 많은 청설모는 더 높은 곳으로 달아났다.

밤이 되자 열세 번째 애벌레는 이상하게도 몸이 답답했다. 온몸이 꽉 조이고 숨이 막혔다. 나뭇가지 위로 걸어가는 걸음걸이도 불안했다. 몸은 자꾸만 터질 것 같았다. 열세 번째 애벌레는 이파리에서 나뭇가지로 내려왔다. 그런 다음 날카로운 산초나무 가시 밑에서 한동안 움직이지 않았다. 열세 번째 애벌레는 자신의 몸을 감싸고 있는 허물을 벗어내야 한다는 것을 알았다. 배내옷이나 다름없는 허물은 애벌레의 몸을 꽉 조이고 있었다. 애벌레는 하루가 다르게 자라고 있었고, 꽉 조이는 허물은 더 이상 애벌레가 자라는 데 도움이 되지 않았다.

열세 번째 애벌레는 그 허물을 벗어내려고 애를 쓰기 시작했다. 사람들처럼 손이라도 있다면 몇 초 만에 벗어 던질 수 있었다. 하지만 애벌레의 다리는 나뭇가지를 붙잡고 기어오르는 데만 쓰일 뿐, 이렇게 허물을 벗을 때는 전혀 도움이 되지 않았다. 발이 워낙 작아서 허물을 잡아당길 수도 없었고, 찢어낼 수도 없었다. 정말 답답한 노릇이었다. 열세 번째 애벌레는 날카로운 가시 끝에다 등을 문지르려고 했지만, 잘못하다가는 몸을 찔려 다칠지도 모르는 일이었다. 열세 번째 애벌레는 산초나무 가시 밑에서 그냥 가만히 있었다. 몸은 더욱 부풀어 오르고, 꽉 조여오는 허물이 답답해서 미칠 지경이었다. 그래도 할 수 있는 방법이 없었다. 그냥 온몸에다 힘을 주고서 허물이 저절로 떨어져 나가기만을 기다릴 수밖에 없었다. 열세 번째 애벌레는 가끔씩 몸을 흔들어보았지만, 몸에 착 달라붙은 허물은 어느 한 곳도 떨어져 나가지 않았다.

　새벽이 왔다. 열세 번째 애벌레는 쉬지 않고 몸에다 힘을 주었다. 최대한 몸을 부풀렸다. 너무나도 힘든 일이었지만 허물을 벗어내기 위해서는 어쩔 수 없었다. 해가 떠오르자 애벌레의 등 쪽에서 허물이 찢어지기 시작했다. 등 한가운데에서 허물이 가로 방향으로 찢어졌고, 그다음에는 얼굴 쪽에서 찢어졌다. 애벌레는 더욱 힘을 주었다. 햇볕이 큰 도움을 주었다. 햇볕은 애벌레의 몸에 달라붙은 허물의 수분을 빼앗아갔다. 그러자 허물은 여기저기서 터지기 시작했다. 한낮이 지났을 즈음 애벌레는 허물을 거의 다 벗을 수 있었다. 애벌레의 몸에서 떨어져 나간 허물은 조각조각 분해되어서 산초나무 아래로 떨어졌다. 이제 허물은 엉덩이 쪽에만 남아 있었다. 열세 번째 애벌레는 앞발로 산초나무 가시를 붙잡았다. 그런 다음 온몸을 요동치면서 마지막으로 남아 있는 허물 속에서 빠져나왔다. 그러자 열세 번째 애벌레의 몸이 전혀 다른 애벌레처럼 불쑥 커졌다. 몸 색깔은 여전히 갈색이었다. 이렇게 해서 열세 번째 애벌레는 유아기에서 벗어났다. 열세 번째 애벌레는 나무줄기에 붙어 있는 허물을 재빠르게 먹어치웠다.

　열세 번째 애벌레가 사는 가지 바로 위에는 세 번째 애벌레가 살고 있었다. 세 번째 애벌레도 어제 허물을 벗고 나이를 한 령 더 먹었다. 하지만 세 번째 애벌레는 자신이 빠져나온 허물을 치우지 않았다. 세 번째 애벌레는 그 허물이 얼마나 무서운 재앙을 가져올지 생각하지 못했다. 산초나무 왼쪽에 우거진 팥배나무 잎에 앉아 있다가 햇살이 잘 드는 산초나무로 날아온 주둥이노린재 한 마리가 그 허물 냄새를 맡았다. 갈색 주둥이노린재는 마침 배가 고팠다. 주둥이노린재는 근처에 어린 애벌레가 있다는 것을 알아챘다. 세 번째 애벌레는 자신이 남긴 허물 근처에서 잎을 갉아 먹고 있었다. 주둥이노린재는 별로 힘도 들이지 않고서 애벌레를 찾아냈다. 세 번째 애벌레는 꼼짝없이 주둥이노린재에게 붙잡혔다.

주둥이노린재는 세 번째 애벌레의 등에다 침을 꽂았다. 그와 동시에 애벌레는 기절했다. 애벌레의 몸이 축 늘어졌다. 주둥이노린재는 축 늘어진 애벌레의 몸속에다 꽂은 침을 빨대로 이용해서 피를 빨아 먹었다. 애벌레가 바람 빠진 공처럼 축 늘어지자 주둥이노린재는 산초나무 아래로 던져버렸다.

열세 번째 애벌레는 한동안 쉬지 않고 먹어댔다. 먹어도 먹어도 배가 차질 않았다. 먹고 똥 싸고 또 먹었다. 노을 지는 저녁 무렵이 되어서야 먹는 것을 중단했다. 계곡에서 날아온 하루살이 한 마리가 열세 번째 애벌레 옆에 앉았다. 오늘 부화한 것 같지는 않았다. 어디 먼 곳에서 날아왔는지 하루살이는 지쳐 보였다. 자기 몸보다 긴 더듬이가 앞쪽으로 축 늘어져 있는데, 실은 그것은 더듬이가 아니라 앞발이었다. 앞발이 워낙 길어서 더듬이처럼 보였을 뿐이다. 하루살이의 얼굴과 날개는 잠자리를 닮았지만 몸통은 노래기와 비슷했다. 아마도 숲 속에서 허풍 떨기 좋아하는 곤충이 있었다면, 하루살이에게 네 부모 중 한쪽은 잠자리이고 나머지 한쪽은 노래기라고 놀렸을지도 모른다. 하루살이는 자기 몸보다 긴 꼬리를 쫙 벌리고서 중심을 잡았다.

해가 지려고 하자 신갈나무 숲에서 수많은 하루살이들이 곡예비행을 시작했다. 워낙 수가 많아 멀리서도 또렷하게 보일 정도였다. 숲 사이사이로 햇살이 드리우자 하루살이들의 몸이 반짝반짝 빛났다. 물속에서 나와 금방 허물을 벗어 던지고 하루살이가 된 녀석들이었다. 하루살이들은 신갈나무 숲 사이에서 집단적으로 춤을 추기 시작했다.

어디선가 십여 마리의 잠자리들이 날아왔다. 박새와 동고비 그리고 오목눈이도 날아와서 하루살이를 쫓아다녔다. 하루살이들은 당황하지 않고 더욱 흥겹게 춤을 추었다. 그러다 보니 사냥을 하는 새나 잠자리조차 마치 하루살이들이랑 같이 춤을 추는 것으로 보였다. 아직 해가 지지도 않았는데 박쥐들까지 날아와서 사냥꾼 노릇을 했다. 다섯 마리의 박쥐들은 번갈아 가면서 하루살이들 속으로 돌진했지만 그들의 축제를 훼방 놓지는 못했다. 그 어떤 적이 나타나도 하루살이들은 춤을 멈추지 않았다.

열세 번째 애벌레 옆에 붙어 있던 하루살이는 박쥐들이 사라지자마자 날아올랐다. 하루살이는 몹시도 지쳤는지 자꾸만 고도가 낮아졌지만 마지막 힘을 내고 있었다. 하루살이는 신갈나무 숲에서 빠져나온 암컷 하루살이 한 마리를 보았다. 하루살이는 자신도 모르게 날개에 힘이 들어갔다. 암컷도 호응하면서 춤을 추었다. 둘은 몇 번이나 공중에서 일정한 간격을 두고 빙글빙글 돌면서 춤을 추었다. 이윽고 암컷이 작은 신갈나무 잎으로 내려앉았다. 그때를 기다린 수컷은 더듬이처럼 보이는 긴 앞다리로 암컷의 허리를 꽉 끌어안았다. 수컷의 긴 앞다리는 암컷을 끌어안을 때 꼭 필요했다. 사실 하루살이 암컷의 앞다리는 그다지 길지 않았다. 그렇게 하루살이들의 사랑 굿이 갈무리되자 어둠이 밀려오기 시작했다.

8월 조순이 되면서 밤공기는 은근히 차가워지기 시작했다. 숲에서 살아가는 동물들은 계절이 변하고 있음을 피부로 느꼈다. 아직 살림살이를 정리하지 못하고 남아 있던 여름 철새들은 마음이 급해졌고, 아직까지 짝짓기를 하지 못한 곤충들은 더욱 초조했다.

호기심이 많은 열세 번째 애벌레는 산호랑나비 애벌레가 궁금해졌다. 오늘 하루 종일 산호랑나비 애벌레는 움직이지 않았다. 산호

산호랑나비 애벌레
연두색 몸에 붉은 점이 박힌 검은 줄무늬가 가로로 새겨져 있다. 위험을 느끼면 코 부분에서 주황색 돌기를 내민다. 바다나물, 미나리 같은 풀과 귤이나 산초나무의 잎을 먹는다. 번데기로 겨울을 난다.

랑나비 애벌레는 중심이 되는 줄기에서 작은 가지가 갈라지는 지점에 세로로 붙어 있었다. 뭔가 생각에 잠긴 듯 가까이 가도 알아보지 못했다.

저녁 아홉 시쯤 산호랑나비 애벌레는 입으로 실을 뽑기 시작했다. 입에서 뽑아낸 실로 자기 몸을 묶고 나머지 실을 나뭇가지에다 붙였다. 자기 몸이 떨어지지 않도록 나뭇가지에다 단단하게 묶고 있었다. 그런 다음 다시는 몸을 움직이지 않았다.

해가 지기도 전에 하늘에 떠오른 초승달이 비교적 또렷해졌다. 꼭 나방의 날개에 새겨진 문양 같았다. 박쥐들은 그런 초승달을 보면서 숲 위로 날렵하게 날아다녔고, 숲 속에서는 깊어가는 여름밤을 아쉬워하는 여치들의 음악회가 한창이었다. 아무리 박쥐들이 많아도 음악회는 밤마다 열렸다. 그러니까 여치나 베짱이 들이야말로 진정 용기 있는 곤충들이었다.

자정 무렵, 산호랑나비 애벌레의 몸은 눈에 띄게 줄어들었다. 통통한 산호랑나비 애벌레의 몸은 누군가 앞과 뒤에서 힘껏 밀어붙이는 것처럼 쪼그라들었다. 발목 위에 있는 하얀색 무늬만이 더욱 또렷하게 드러났다. 하늘에 뜬 초승달이 신갈나무 우듬지 너머로 사라지자, 앞다리와 뒷다리 사이를 기준으로 몸이 기역 자 모양으로 꺾이기 시작했다. 날카로운 발톱이 있는 세 쌍의 앞다리가 공중으로 떠올랐다. 그와 동시에 뒷발도 비스듬히 떠올랐다.

산호랑나비 애벌레의 모든 발이 나뭇가지를 놓고 공중으로 떠 있었다. 오직 엉덩이만이 위태롭게 나뭇가지에 붙어 있었다. 그런데도 산호랑나비 애벌레는 나무에서 떨어지지 않았다. 자신의 몸을 나뭇가지에다 안전하게 묶어놓았기 때문이다. 마치 밧줄에다 몸을 의지하고 바위 벽을 올라가는 사람 같았다. 숲 속을 바람처럼 날아다니던 박쥐들이 사라지고 동쪽 하늘이 밝아올 즈음, 산호랑나비 애벌레는 새로운 옷으로 갈아입기 시작했다.

애벌레였을 적에 몸을 감싸주었던 허물들이 터지면서 사방이 떨어져 나갔다. 조금씩 조금씩, 몸을 꿈틀거릴 때마다 허물들이 떨어져 나갔다. 그러고는 박쥐 머리처럼 생긴 번데기가 제 모습을 드러냈다. 색깔은 애벌레였을 때와 똑같이 초록색이었다.

산호랑나비 애벌레가 번데기로 변한 주위에는 초록색 갈대들이 많았다. 산호랑나비 애벌레는 번데기로 변하면서 색깔 선택에 고심했으며, 결국은 초록색이 낫다는 판단을 내렸다. 그래야만 번데기가 천적들의 눈에 띌 확률이 줄어들기 때문이다.

산초나무에서 살아가는 또 한 마리의 산호랑나비 애벌레도 같은 시간에 번데기로 변했는데, 초록색이 아니라 갈색이었다. 그 애벌레는 제법 높은 산초나무 줄기에 붙어서 번데기로 변했고, 그곳에서는 초록색보다는 갈색으로 치장하는 게 더 유리하다고 판단한 것이다.

아침이 되었을 때 열세 번째 애벌레는 산호랑나비 애벌레가 감쪽같이 사라졌다고 생각했다. 박쥐 머리처럼 생긴 번데기가 붙어 있었지만, 그것이 산호랑나비 애벌레의 분신이라고는 생각하지 못했다.

산비둘기 똥

아침 해는 찬란한 빛을 뿌리면서 숲 위로 떠올랐다. 산초나무 오른쪽에 있는 오리나무 가지에 걸려 있는 호랑거미의 거미줄은 은빛으로 물들었고, 거미줄에 열린 이슬은 옥구슬처럼 영롱한 빛을 냈다. 그럴 때만큼은 호랑거미가 무서운 포식자가 아니라 아름다운 선으로 옥구슬을 빚어내는 예술가로 보였다. 바람이 살랑살랑 불면 옥구슬은 소리 없이 떨어졌으며, 신갈나무 이파리들이 흔들리면서 마치 초록 비늘이 반짝이는 것 같았다. 그런 숲 위로 꼬리를 붉게 멋 부린 잠자리들이 날아오르고, 그들을 쫓는 몇 마리의 새들이 깃을 치고 있었다.

산초나무에서 살고 있는 가중나무고치나방 애벌레들은 새벽부터 부지런하게 움직였다. 이제 애벌레들도 이 산초나무 주위에 많은 적들이 도사리고 있다는 사실을 깨달았다. 애벌레들은 산초나무 잎을 갉아 먹을 때에도 본능적으로 최대한 몸을 나뭇잎 밑으로 감추려고 했다.

이 산초나무는 근처에서 살아가는 곤충들이 가장 많이 거처 가는 곳이었다. 앞에는 원시림처럼 빽빽한 신갈나무 숲이 우거져 있고, 뒤에는 졸참나무 숲, 양옆에는 오리나무와 팥배나무 숲이 우거져 있었다. 산초나무는 곤충들이 이동하는 교통의 요충지에 자리하고 있었다. 곤충들에게 산초나무는 징검다리나 다름없었다. 하지만 그 곤충들은 가중나무고치나방 애벌레들에게는 무서운 적이었다.

어떤 새들은 이 산초나무에 어린 애벌레들이 살고 있다는 사실을 잘 알았다. 까치 같은 새는 애벌레들이 알에서 깨어나는 주기를 알고 있었고, 8월 이맘때쯤이면 산초나무에서 가중나무고치나방의 애벌레들이 자란다는 사실도 알았다.

네 개의 알을 낳아서 무사히 새끼를 길러낸 암컷 까치는 틈만 나면 산초나무 주위로 날아와서 나뭇가지를 올려다보았다. 산초나무는 까치들이 좋아하지 않는 나무였다. 나뭇가지에는 날카로운 가시들이 촘촘하게 박혀 있어서 까치는 마음 놓고 줄기에 앉을 수가 없었다. 어찌어찌하여 간신히 산초나무 줄기에 앉는다 해도, 가느다란 줄기가 까치의 몸무게를 감당해내지 못하고 휘거나 심하게 흔들렸다. 그래서 까치들은 어지간해서는 산초나무 줄기에 앉지 않았다.

하지만 그 암컷 까치는 산초나무의 줄기 중에서 가장 튼튼한 곳을 골라 내려앉는 법을 알았다. 산초나무에서 살고 있는 애벌레들은 거의 움직임이 없어서 인내심을 가지고 관찰해야만 찾아낼 수 있다는 사실도 알고 있었다. 암컷 까치는 산호랑나비 애벌레의 번데기가 있는 줄기에 앉아서 위를 두리번거리다가 이파리에서 가지로 움직이는 가중나무고치나방 애벌레 한 마리를 발견했다. 암컷 까치는 얼른 부리로 낚아채려고 했지만 애벌레가 붙어 있는 가지쪽으로 부리를 뻗기가 어려웠다. 게다가 산초나무 줄기 밑에 있는 갈대들이 바람에 흔들리면서 까치를 방해했다. 애벌레를 잡으려면 다른 가지로 이동해야만 했다. 그것은 몹시도 성가신 일이었다. 까치가 간신히 통과할 정도로 산초나무의 가지와 가지 사이엔 틈이 없었고, 힘차게 날갯짓을 했다가는 날개가 나뭇가지에 걸릴 수도 있었다. 까치는 날개를 쓰지 않고 다리의 힘으로 펄쩍 뛰어 그쪽 가지로 옮겨 가야만 했다.

암컷 까치는 몸을 한껏 낮춘 다음 폴딱 뛰어서 옆에 있는 가지로 뛰어올랐다. 까치는 하마터면 날개를 퍼덕일 뻔했다. 가시가 왼쪽 발을 찔렀기 때문이다. 워낙 발바닥이 두꺼워서 큰 통증은 없었지만 그래도 긴장했다. 산초나무는 심하게 흔들렸다. 그 흔들림만으로도 애벌레들은 누군가 근처에 다가왔다는 것을 알아챘다. 애벌레들은 나뭇가지에 붙어서 죽은 듯이 움직이지 않았다.

　암컷 까치는 그런 애벌레들의 성질을 알고 있었으므로, 조금도 망설임 없이 바로 위에 있는 가지로 다시 뛰어올라서 조금 전에 보았던 그 애벌레를 찾았다. 갈색 애벌레는 삼십 센티미터쯤 앞에 있다. 가중나무고치나방 애벌레들 중에서 가장 먼저 태어난 첫 번째 애벌레였다. 암컷 까치는 얼굴을 이리저리 돌리면서 목표물을 다시 조준했다. 그리고 앞으로 목을 길게 빼려는 찰나였다. 하늘에서 뭔가 툭 떨어졌다. 새똥이었다.

　산초나무 쪽으로 길게 드리워진 신갈나무 가지에 앉아 있던 산비둘기 부부가 거의 동시에 똥을 쌌다. 산비둘기 똥은 공교롭게도 암컷 까치가 앉아 있는 가지로 떨어졌다. 곧장 가지로 떨어졌더라면 똥은 여러 조각으로 부서지면서 땅으로 떨어졌을 것이다. 그런데 비둘기의 똥은 산초나무 이파리에서 서너 번 옆으로 구르면서 떨어지는 힘이 약해졌고, 그다음으로 떨어진 곳이 까치가 앉아 있는 줄기에 뾰족하게 돋아난 가시 위였다. 똥은 가시에 꿰어진 채 움직이지 않았다.

　수컷 산비둘기는 목을 풍선 모양으로 부풀리면서 기분 좋게 노래를 하였다. 암컷 까치는 순간 사나운 목소리를 토해낼 뻔했다. 자신의 영역 안으로 들어와서 함부로 소리 지르는 비둘기들이 못마땅했지만 지금은 참아야만 했다.

　암컷 까치는 다시 애벌레를 찾기 위해서 정신을 집중했다. 그런데 생각지도 않았던 혼란이 찾아왔다. 갑자기 애벌레가 두 마리로 보였다. 한 마리는 삼십 센티미터 정도 떨어져 있었고, 또 한 마리는 십 센티미터쯤 앞에 있었다. 암컷 까치는 이게 웬 떡이냐는 듯이 십 센티미터쯤 앞에 있는 목표물을 부리로 쪼았다. 당연히 물렁물렁한 애벌레의 살이 부리에 걸려들 줄 알았다. 그런데 뭔가 이상했다. 까치는 부리를 떼면서 속았다는 것을 알았다. 까치는 입안 가득 찬 비둘기의 똥을 토해냈고, 신경질적으로 날갯짓을 했다.

까치는 너무 급하게 날아오르다 보니 오른쪽 날갯죽지가 산초나무 가지에 걸려서 깃털이 네 개나 빠졌다. 성난 까치는 개의치 않고 올라 산비둘기들 쪽으로 무섭게 날아갔다. 산비둘기들은 갑작스러운 까치의 공격에 당황했지만, 까치의 포악한 성질을 잘 알고 있었기에 맞대응하지 않고 피해버렸다. 산비둘기는 까치들보다 몸이 작고 날렸다. 이미 산비둘기들은 보이지 않았지만 암컷 까치는 요란하게 욕을 퍼부어 대고 있었다.

첫 번째 애벌레는 극적으로 살아남았다. 운이 좋았다. 비둘기의 똥이 구해준 셈이다. 새들은 눈이 나빠서 비슷한 색깔을 구별해내지 못했다. 움직이지만 않는다면 새똥과 애벌레를 구별해내기란 쉽지 않았다. 그래서 많은 동물들은 눈을 신뢰하지 않았고, 대신 냄새를 맡을 수 있는 코를 더 믿었다.

대표적인 곤충이 파리였다. 어느새 비둘기들의 똥 냄새를 맡은 쉬파리 두 마리는 오십 미터나 비행하여 산초나무까지 찾아왔다. 언뜻 보면 비둘기 똥과 애벌레는 비슷하게 생겼지만 쉬파리는 조금도 혼란을 겪지 않았다. 파리는 곧장 비둘기 똥으로 날아가서 맛있게 먹어치우기 시작했다.

열세 번째 애벌레는 산호랑나비 번데기가 있는 줄기에서 그 반대편에 있는 줄기로 이사를 갔다. 산호랑나비 번데기가 있는 줄기는 안전하기는 했지만 싱싱한 잎이 별로 없었다. 그 반대편 줄기는 약간 가늘기는 해도 제법 길게 뻗었고 이파리들이 싱싱했다. 게다가 줄기 끝에는 연한 회색 꽃이 피어 있었다. 꽃은 화려하지 않았지만 여러 송이가 뭉쳐져서 향기가 제법 짙었다. 그 꽃송이로 수많은 곤충들이 찾아왔다. 꿀벌이 가장 많았고, 금파리, 집파리, 쉬파리, 모기, 등에, 네발나비, 멧노랑나비 들이 찾아왔다.

곤충들이 많이 찾아오는 곳에는 항상 위험이 도사리고 있었다. 언제부턴지 몸통이 갈색인 오각게거미 한 마리가 숨어 있었다. 몸색깔이 갈색이라 곤충들 눈에 쉽게 노출되었지만, 꽃송이와 꽃송이 틈에 교묘하게 숨어서 가재의 집게발처럼 무시무시한 집게발만 내밀고 있었다. 곤충들 눈에는 오각형으로 생긴 오각게거미의 몸은 보이지 않고 두 개의 집게발만 보였기 때문에, 그것이 무서운 적의 집게발이라고는 생각하지 못했다. 오각게거미는 끈질기게 기다리고 있다가 곤충이 옆으로 오면 순간적으로 집게발을 벌려서 낚아챘다. 집게발은 워낙 힘이 강해서 한번 물리면 빠져나갈 수가 없었다.

열세 번째 애벌레는 연한 잎을 찾아가다가 꽃송이 사이에 몸을 숨긴 그 음흉한 게거미를 발견했다. 열세 번째 애벌레도 처음에는 그냥 막대기인 줄 알았다. 하지만 오늘 아침에 작은 꼬마 꽃등에 한 마리가 꽃송이에 앉았다가 그 집게발에 사로잡혀서 파닥거리는 장면을 보았다. 그때부터 열세 번째 애벌레는 꽃송이 근처로는 가지 않았고, 꽃송이 아래쪽 안전한 곳에 있는 잎을 갉아 먹었다.

다섯 번째 애벌레는 산초나무에서 사는 가중나무고치 나방 애벌레들 중에서 가장 몸이 컸다. 그만큼 먹성이 좋았다. 다섯 번째 애벌레는 산초나무 줄기들 중에서 가장 높이 솟아오른 가지 끝에 핀 꽃송이 근처까지 가서 거침없이 잎을 갉아 먹었다. 꽃송이 근처에는 연한 잎이 많았다. 다섯 번째 애벌레는 누군가 자신을 노려보고 있다는 사실도 몰랐다. 그곳에도 오각게거미 한 마리가 숨어 있었다. 게거미는 참을성 있게 기다린 다음 집게발에다 힘을 주었다. 바로 그 순간에 다섯 번째 애벌레는 위험을 알아차리고 슬쩍 몸을 뒤로 뺐다. 오각게거미는 다시 모른 체하고 집게발을 내렸다. 다른 애벌레였다면 딴 곳으로 옮겨 갔을지도 모른다. 그러나 다섯 번째 애벌레는 오각게거미 정도는 언제든지 피할 수 있다고 자신하고 있었다. 몇 번이나 게거미한테 걸려들 뻔했지만 그때마다 잘 빠져나간 경험이 있었다. 그래서 이제는 자신감이 생겼다.

다섯 번째 애벌레는 게거미가 웅크리고 있는 반대편 꽃송이로 가서 똥을 쌌다. 모두 일곱 개의 똥 중에서 한 개가 땅으로 떨어지지 않고 꽃송이에 걸렸다.

그때 계곡에서 물을 마시고 신갈나무 숲을 빠져나오던 뱀허물쌍살벌 한 마리가 산초나무 꽃송이 근처로 내려앉았다. 그냥 쉬어 가려던 참이었는데 애벌레의 똥 냄새가 풍겼다. 어린 애벌레를 좋아하는 뱀허물쌍살벌은 꽃송이에 걸린 애벌레의 똥 냄새를 다시 맡았다. 금방 싼 똥임을 알았다. 그때부터 뱀허물쌍살벌의 몸짓은 빨라졌고, 곧 다섯 번째 애벌레를 발견했다. 뱀허물쌍살벌은 곧바로 애벌레를 공격하려다가 주위를 두리번거리며 다른 방해꾼이 없는지 확인하였다.

무엇인가 뒤에서 다가오고 있었다. 벌 특유의 예민함이 그것을 알아차렸다. 오각게거미의 집게발이었다. 뱀허물쌍살벌은 집게발이 공격해 오는 순간 날아올랐다. 오각게거미는 자신의 몸을 드러내고는 집게발을 마구 휘둘렀다. 꽃송이에 붙어 있던 곤충들이 모두 날아갔다. 하지만 뱀허물쌍살벌은 오각게거미가 상대하기에는 벅찬 적이었다. 아직 경험이 부족한 오각게거미는 자신의 힘만 믿고 너무 강한 상대를 건드린 셈이었다. 노련한 오각게거미들은 쌍살벌처럼 무서운 적은 절대로 건드리지 않는다.

뱀허물쌍살벌도 처음에는 당황했지만 상대가 자신보다 작은 오각게거미라는 사실을 알고는 화풀이하듯 공격하기 시작했다. 사태

가 불리해지자 오각게거미는 집게발을 높이 쳐들어 방어하면서 뒤로 주춤주춤 물러났다. 그러다가 꽃송이 아래쪽으로 툭 떨어져 버렸다. 물론 가느다란 실을 타고 내려갔기 때문에 땅에 떨어져도 큰 상처를 입지 않았다.

오각게거미가 사라지자 뱀허물쌍살벌은 다시 꽃송이로 내려앉았다. 그제야 위험을 느낀 다섯 번째 애벌레는 나뭇가지로 달아나고 있었지만 쌍살벌의 눈을 피하지 못했다. 쌍살벌은 단숨에 날아가서 다섯 번째 애벌레의 몸통을 물었다. 애벌레는 몸을 뒤틀면서 반항했지만 쌍살벌에게는 아무런 느낌도 전해지지 않았다. 애벌레를 입에 문 쌍살벌은 당당하게 자신의 집으로 돌아갔다.

파수를 보던 동료들이 그를 환영했다. 다른 동료들도 그를 환영하면서, 어디에서 이런 애벌레를 잡았느냐고 묻는 듯했다. 그때마다 애벌레를 입에 문 쌍살벌은 날개를 떨었고, 곧장 배고픈 새끼들이 기다리는 곳으로 갔다. 오십 센티미터가량 아래쪽으로 늘어뜨려진 뱀허물쌍살벌 집에는 이백여 마리의 벌들이 살고 있었고, 아직도 육아방에는 백여 마리의 애벌레가 자라고 있었다. 그렇지만 벌집 곳곳에는 빈 육아방이 남아돌았다. 그것은 계절이 빠르게 변하고 있음을 암시하기도 했다. 이제 육아방에다 알을 낳아도 추위 때문에 다 자라지도 못하고 죽는다. 그래서 그들은 더 이상 육아방을 늘리지 않았고, 새로운 알을 낳지도 않았다.

어쨌든 남아 있는 새끼들을 돌보는 일도 만만치 않았다. 이십여 마리의 벌들은 육아방 입구에서 날개로 부지런하게 부채질을 하여 새끼들이 더위를 타지 않게 하였고, 다른 벌들은 지칠 줄 모르는 새끼들의 식탐을 채워주기 위해서 먹이를 물어 나르고 있었다. 통통하게 살이 오른 새끼들은 육아방에 똑바로 앉아 있었다. 구더기처럼 생긴 새끼들은 쌍살벌의 겉모습하고는 너무도 달랐다. 꼭 파리 새끼 같았다. 뚱뚱한 몸에다 먹이를 갉아 먹을 수 있는 이만 또렷하게 보였다. 그 어디를 보아도 쌍살벌의 잘록하게 생긴 허리와 날개 모양은 보이지 않았다.

가중나무고치나방 애벌레를 물고 온 쌍살벌은 입으로 살을 찢어서 새끼들에게 주었다. 새끼들은 애벌레의 몸을 오물오물 씹어서 삼켰다. 애벌레를 먹고 있는 작은 새끼들 옆방에서는 다 자란 통통한 새끼들이 실을 뽑아서 구멍을 막고 있었다. 이제 구멍을 막은 새끼들은 번데기로 변한 뒤 아주 멋있는 쌍살벌로 태어날 것이다.

숲을 뒤흔드는 태풍

　비가 온다는 사실을 가장 빠르게 예측한 개미들은 하루 종일 집수리를 했다. 낮은 곳으로 통하는 굴 입구는 막아버리고, 높은 곳으로 통하는 입구도 물이 흘러들지 못하도록 보수공사를 했다. 아예 집을 안전한 곳으로 옮기는 개미들도 있었다. 청설모와 다람쥐의 몸놀림도 바빴다. 이제 대부분의 참나무들이 여문 도토리를 떨어뜨리기 시작했고, 청설모와 다람쥐는 도토리를 입에 담아서 가지고 갔다. 아직 하늘에서는 아무런 변화가 나타나지 않았다. 하늘은 쪽빛으로 물들었고, 놀기 좋아하는 잠자리들만이 계곡 사이로 신나게 날아다니고 있었다.
　산초나무의 뿌리가 있는 땅속에서 누군가 쉬지 않고 땅을 파면서 올라오고 있었다. 몸이 통통하게 생긴 매미 애벌레였다. 매미 애벌레는 단단한 갑옷을 입고 있었고, 배는 번데기처럼 주름이 많았다. 캄캄한 곳을 잘 볼 수 있는 까만 눈은 제법 컸다. 매미 애벌레의 앞발은 훌륭한 연장이었다. 다른 두 쌍의 발보다 굵고 튼튼한 앞발로 땅을 파내면서, 다른 발들로는 파낸 흙을 사방으로 골고루 분산시켰다. 그와 동시에 자기 오줌으로 흙가루를 반죽하였다. 그렇게 반죽된 흙을 벽에다 대고 등으로 문질렀다. 그러자 흙이 벽이나 천장에 감쪽같이 달라붙었고, 석회암 동굴처럼 반질반질해졌다.

매미 애벌레는 산초나무의 뿌리를 따라서 올라오고 있었다. 뿌리를 보면서 대충 나무줄기의 크기를 예측할 수 있었다. 이제 뿌리와 줄기가 만나는 지점까지 올라왔다. 매미 애벌레는 곧장 굴 천장을 뚫고 위로 올라올 수도 있었지만 신중하게 생각했다. 굴 밖에 혹시나 있을지도 모르는 천적을 경계했기 때문이다. 그리고 혹시나 쏟아질지도 모르는 소나기까지 예측했다. 매미 애벌레는 위험이 없음을 확인한 다음에야 굴 입구를 열었다. 주위는 어둑어둑해지고 있었다.

매미 애벌레는 땅 위를 걷는 것이 서툴렀다. 여섯 개의 다리를 번갈아 가며 움직여도, 몸이 앞으로 빠르게 나아가질 않았다. 게다가 몸이 너무 뚱뚱해서 한쪽 발만 헛디뎌도 균형을 잃고 나뒹굴었다. 다리가 길어서 금방 일어날 수는 있었지만 그렇게 구를 때마다 시간이 흐르고 몸에서도 힘이 빠져나갔다. 매미 애벌레는 산초나무 줄기를 타고 올라갔다. 초록색 산호랑나비 애벌레의 고치가 보이자 순간적으로 천적인 줄 알고 긴장하기도 했다. 매미 애벌레는 그 초록색 고치가 자신을 해치지 않는다는 사실을 알면서도, 고치 반대편으로 기어서 올라갔다. 그리고 산초나무 이파리들이 적당하게 가려주는 곳에서 멈췄다. 땅을 팔 때 연장으로 쓰던 앞발로 나무줄기를 단단하게 붙잡았다. 가끔씩 매미 애벌레 몸이 미세하게 떨렸다. 매미 애벌레는 진흙 구덩이 속에서 일하다가 나온 일꾼처럼 온몸이 흙투성이였다.

숲 속에서 여치들이 따로따로 현악기를 연습하기 시작하더니, 어느 정도 어둠이 깊어지자 누군가의 지휘 아래 조화롭게 음악을 연주하였다. 매미 애벌레의 흙투성이 가슴 한복판이 갈라졌고 등 쪽에도 균열이 생기기 시작했다. 흙투성이 허물 속에서 매미의 몸이 꼼지락거리고 있었다. 연한 초록색 매미는 단단한 허물 속에서 빠져나오려고 허우적거렸다. 워낙 허물이 질기고 두꺼워서 갈기갈기 찢어낼 수는 없었다. 매미는 균열이 난 사이로 머리를 내밀었다. 처음에는 힘들었지만 머리통이 빠져나오자 그다음부터는 순조로웠다.

매미는 자신의 허물조차 붙잡을 만한 힘이 없었다. 그러다 보니 허물 속에서 빠져나온 몸은 뒤로 발라당 뉘여 있었다. 아무것도 붙잡을 힘이 없는 매미는 그대로 떨어질 것 같았지만, 꼬리 쪽에 달린 연한 허물들이 끈처럼 이어지면서 몸을 붙잡아 주고 있었다. 매미는 자신이 빠져나온 허물에 대롱대롱 매달렸다. 연한 초록색 날개는 물기에 젖은 채 접혀 있었고, 배 속은 투명해서 속이 다 들여다보였다. 매미는 그런 상태로 너무나도 위태롭게 매달려 있었다. 개미들 몇 마리만 들이닥쳐도 꼼짝 못하고 죽을 수밖에 없는 운명이었다.

시간은 아주 더디게 흘렀고, 여치들의 음악회도 끝나가고 있었다. 매미의 등에 달린 날개가 조금씩 펴지기 시작했고, 매미는 윗몸 일으키기를 하듯이 힘을 쓰면서 아주 천천히 몸을 일으키고 있었다. 매미가 몸을 똑바로 일으키는 데 사십 분이 넘는 시간이 걸렸다. 간신히 몸을 일으켜서 자신이 벗어놓은 허물을 붙잡은 매미는 어서 날개가 펴지기만을 기다렸다. 매미의 날개는 하얀 창호지 같았다. 날개맥에 어지럽게 얽혀 있는 핏줄만이 초록색으로 물들어 있었다. 날개가 펴지면서 몸 색깔도 변해갔다. 하도 투명해서 창자까지 다 들여다보이던 뱃가죽이 두꺼워졌다. 멀리 숲 위로 먼동이 터올 때, 매미의 날개는 날렵하게 펴져 있었다. 해가 떠올라서 몸을 따뜻하게 해주자, 매미는 허물을 그대로 둔 채 힘차게 날아올랐다.

산초나무에서 매미가 날아가고 한두 시간쯤 지났을까. 하늘이 흐려지면서 산꼭대기 개바위로 구름이 내려앉았다. 구름은 점차 골짜기 쪽으로 흘러내렸다. 바람도 불기 시작했다. 산초나무가 있는 골짜기는 비교적 바람의 영향을 받지 않는 곳이었지만 이번에는 달랐다. 골짜기에서 순탄하게 자란 나무들이 바람에 쩔쩔매면서 당황하고 있었다. 후드득후드득, 경고음 알리듯이 굵은 빗방울이 나뭇잎을 때리더니 새들이 자기 둥지로 피할 새도 없이 쏟아졌다. 빗방울은 굵었고 바람도 거칠었다.

산초나무는 줄기가 끊어질 정도로 심하게 움직였다. 산초나무 줄기 끝이 땅바닥에 닿을 정도로 휘어졌지만 부러지지는 않았다. 산초나무에 붙어 있던 썩은 가지들이 떨어지고, 나중에는 생이파리까지 떨어졌다. 하지만 줄기가 크고 튼튼한 신갈나무들은 과감하게 바람에 맞서고 있었다. 신갈나무들은 자신들의 힘을 믿고 흔들리지 않으려고 애를 썼다. 바람이 부는 대로 몸을 내맡기는 산초나무하고는 정반대였다. 바람은 밤이 깊어갈수록 더 사나워졌다.

가중나무고치나방 애벌레들에게 가장 큰 시련이 닥친 셈이었다. 애벌레들은 줄기나 이파리에 달라붙어서 바람이 잦아들기를 바라고 있었다. 움직인다는 것은 죽음을 의미했다. 워낙 줄기가 미끄럽고 심하게 흔들려서 조금만 움직여도 떨어질 수밖에 없었다. 그래도 산초나무는 부러질 염려가 없었으므로 떨어지지만 않는다면 안전한 편이었다. 산초나무 줄기가 구부러져서 땅바닥을 스치고, 때로는 갈댓잎과 부딪치고, 춤을 추듯이 왼쪽 오른쪽으로 마구 몸을 흔들었다. 이파리에 붙어 있는 애벌레들은 아주 위험한 상태였다. 이파리는 나무줄기하고는 달리 바람에 시달리고 여기저기 부대끼면서 하나둘씩 떨어져 나가고 있었다.

결국 여섯 번째 애벌레가 붙어 있던 이파리가 떨어지면서 계곡 아래쪽으로 휩쓸려 가기 시작했다. 여섯 번째 애벌레는 끝까지 산초나무 잎을 붙잡고 있었다. 산 위에서 흘러내리는 물은 노란색으로 변한 채 아래로 흘러갔다. 여섯 번째 애벌레가 붙잡고 있는 나뭇잎은 쓰러진 신갈나무 가지에 부딪히기도 했지만 아래쪽으로 흘러가서 엄청나게 불어난 계곡물 속으로 빨려들었다. 계곡물은 작은 생명체 하나를 눈 깜짝할 사이에 삼켜버렸다.

날이 밝았어도 비바람은 계속되었다. 오히려 더 난폭해졌다. 밤새도록 바람에 맞서 싸우던 신갈나무 가지들이 하나둘씩 부러지기 시작했다. 산초나무 쪽으로 길쭉하게 뻗어 있던 신갈나무 가지도 힘겹게 버티다가 찌직 하는 소리와 함께 부러져서 아래쪽으로 떨어졌다. 길이가 오 미터가 넘는 신갈나무 가지는 다섯 개의 산초나무 줄기 중에서 세 개를 깔아뭉갰다. 두 개의 산초나무 줄기만이 갑자기 위에서 떨어진 신갈나무 가지로부터 무사했다. 워낙 신갈나무 가지의 잎이 무성해서 쓰러진 산초나무의 가지는 아예 보이지 않았다.

신갈나무 가지에 깔린 산초나무에는 두 마리의 가중나무고치나방 애벌레가 있었다. 열세 번째 애벌레와 두 번째 애벌레였다. 갑작스러운 충격 때문에 애벌레들은 잡고 있던 산초나무 줄기에서 튕겨 나갔다. 두 번째 애벌레는 산초나무 밑에 떨어져서 흙탕물에 십 미터가량 떠내려갔지만 운 좋게도 커다란 갈대 줄기에 걸렸다.

두 번째 애벌레는 갈대를 타고 올라가서 비가 그치기를 기다릴 수 있었다. 드디어 비가 그치고 하늘에서는 태양이 나타났다. 몹시 배가 고팠던 두 번째 애벌레는 풀에서 내려와 신갈나무 가지에 깔린 산초나무 쪽으로 기어갔다. 십 미터를 기어가는 데 한나절이 걸렸다.

이제 바로 앞에 신초나무가 있었다. 그런데 산초나무 앞으로 아주 작은 흙탕물이 흐르고 있었다. 산초나무로 가기 위해서는 반드시 그곳을 건너야만 했다. 두 번째 애벌레는 헤엄을 치지 못했다. 애벌레는 물이 흐르는 옆으로 왔다 갔다 하면서 건너갈 궁리를 하다가, 갈대 한 줄기가 흐르는 물 위로 쓰러져 있는 것을 발견했다. 애벌레는 갈대를 타고 건너가기 시작했다. 휘어져 있던 갈대는 애벌레가 올라가자 갑자기 심술이 났는지 똑바로 일어서고야 말았다. 갈대는 엄청난 속도로 일어나면서 애벌레를 오 미터나 날려 보냈다. 애벌레는 돌멩이 위로 떨어져서 큰 상처를 입었다. 등에서 진물이 나오기 시작했다. 애벌레는 산초나무를 찾아서 기어가기 시작했지만, 애벌레의 걸음은 점점 느려지고 있었다. 어둠이 내릴 즈음 애벌레의 다리는 움직임을 멈추었다.

열세 번째 애벌레도 신갈나무 가지가 산초나무를 덮치는 순간에 떨어졌다. 열세 번째 애벌레는 육 미터쯤 날아가서 떨어졌고, 땅바닥에 떨어지면서 왼쪽 뒷발을 다쳤다. 약간의 진물이 나왔다. 열세 번째 애벌레는 땅바닥에 떨어진 신갈나무 줄기 밑에서 자라는 그늘사초 밑으로 기어갔다. 그곳에서는 비를 피할 수가 있었다. 상처는 그리 심하지 않았다. 땅바닥은 물기가 촉촉했지만 애벌레는 그늘사초의 줄기를 붙잡고서 떠내려가지 않을 수 있었다.

이윽고 비바람이 그쳤으나 산초나무까지는 칠 미터쯤 떨어져 있었다. 열세 번째 애벌레는 그날 하루 종일 걸어도 산초나무까지 도달할 수 없었다. 몸에 힘은 점점 빠져나갔다. 배가 고팠다. 자꾸만 정신이 희미해지고 어지러웠다. 열세 번째 애벌레는 무엇이든 먹어야겠다고 생각했다.

열세 번째 애벌레 바로 앞에는 쑥부쟁이 하나가 꽃송이를 부풀리고 있었다. 열세 번째 애벌레는 쑥부쟁이 잎을 갉아 먹자마자 저도 모르게 토해내고 말았다. 그것은 도저히 먹을 수가 없었다.

열세 번째 애벌레는 몸을 고통스럽게 뒤틀었고, 한동안 정신을 잃었다. 십여 초가량 정신을 잃었던 열세 번째 애벌레는 눈을 뜨면서 희미한 산초나무 냄새를 맡았다. 바로 왼쪽에 마른 산초나무 이파리 하나가 있었다. 신갈나무 가지가 내리칠 때 떨어진 이파리였다. 열세 번째 애벌레는 앞발로 그 잎을 붙잡고 갉아 먹기 시작했다. 맛은 없었지만 이파리에는 제법 수분이 남아 있었다. 이파리를 먹고 나자 힘이 났다. 열세 번째 애벌레는 다시 산초나무 냄새가 나는 쪽으로 기어가기 시작했다. 새벽이 밝아왔다. 애벌레는 마침내 산초나무 밑에 도착할 수 있었다.

두 마리 호랑나비의 운명

골짜기에는 뿌리째 뽑힌 나무들이 여기저기 뒹굴었다. 태풍이 휩쓸고 간 숲은 아주 심한 몸살을 앓았다. 지난 7월에도 갑자기 쏟아진 장맛비로 산등성이가 허물어지고, 수십 톤이나 되는 바위가 굴러가면서 숲을 짓밟았다. 이번에 불어닥친 폭풍은 대지에다 뿌리를 박고 사는 나무들에게 가장 큰 피해를 입혔다. 비가 내렸지만 많은 양은 아니었다. 나무한테 의지하면서 살아가는 숲 속 동물들도 큰 피해를 보았다. 개바위 아래쪽에 있는 절 앞에서서 밤마다 수많은 곤충들을 유혹하던 가로등도 쓰러져버렸다. 그 옆에 서 있는 느티나무는 썩은 가지 몇 개가 부러져 떨어졌다.

산초나무 뒤편 굴참나무 밑에는 어린 까치가 죽어 있었다. 청소

부인 쉬파리와 금파리 들이 날아와서 깃털만 남겨놓고 속살을 파먹었다. 그 나머지 깃털마저 개미들이 어디론가 물고 가기 시작했으며, 어린 까치의 머리뼈 속에는 작은 곰보송장벌레들이 들어가서 남은 살을 먹고 있었다. 하늘에서는 수많은 까마귀들이 요란하게 떠들어대면서 동물들의 시체를 찾아다녔다. 산초나무 아래쪽에 있는 신갈나무 숲에는 제법 커다란 너구리 한 마리가 죽어 있었는데 고양이와 까마귀 들이 달려들어서 다 뜯어 먹고 지금은 뒷발 하나만 남아 있었다. 동물은 체구가 크기 때문에 시체라도 눈에 띄었지만 나무나 풀에서 떨어진 수천 마리 애벌레들의 시체는 보이지도 않았다. 하지만 숲 속 아무 데나 자세히 살펴보면 개미들이 영차영차 하면서 끌고 가는 애벌레들의 시체를 쉽게 볼 수 있었다. 이번 태풍으로 가장 큰 피해를 입은 것이 애벌레들이었다.

태풍이 지나간 뒤 숲은 부산스러워졌다. 숲 속은 나무에서 떨어진 생이파리들로 파랗게 덮여 있었다. 그 생이파리들을 뚫고 온갖 종류의 버섯들이 고개를 내밀었고, 청설모와 다람쥐는 부지런하게 도토리를 물어 날랐다. 햇살은 더욱 강렬했고, 잠시 들리지 않던 매미들의 노랫소리도 우렁차게 울려 퍼졌다. 살아남은 새들도 자기들만의 목소리를 냈고, 그렇게 숲은 활기를 찾아가고 있었다.

이제 가중나무고치나방 애벌레는 일곱 마리만이 살아남았다. 극적으로 산초나무에 돌아온 열세 번째 애벌레는 이틀 뒤 단식에 들어갔다. 또 나이를 한 령 더 먹게 되는 순간이었다. 열세 번째 애벌레는 갈대들 사이로 뻗은 산초나무 가시 뒤에서 허물을 벗어내기 시작했다. 산초나무에서 떨어지면서 다친 부위는 다 나았지만, 애벌레가 힘을 쓰자 가장 먼저 그때 상처를 입었던 부분의 허물이 터졌다. 애벌레가 몸을 천천히 흔들어대자 허물이 이리저리 찢어지기 시작했다. 햇볕은 갈라지기 시작한 허물을 말려주었고, 수분이 마른 허물은 애벌레가 조금만 움직여도 오래된 나무껍질처럼 떨어져 나갔다. 갈색 허물이 뜯겨 나갈 때마다 새로운 옷을 입은 애벌레의 몸이 보였다. 애벌레는 회색 옷을 입고 있었다. 등에는 쐐기나방 애벌레의 독침 같은 돌기가 뾰족뾰족 나 있었다. 자세히 보면 가짜 침이란 걸 알 수 있다. 가짜 침들은 아침 조회를 받는 아이들처럼 나란히 서 있었고, 그 사이에는 아주 작은 반점들이 까맣게 찍혀 있었다. 애벌레의 뒷발은 연한 노란색이어서 꼭 장화를 신고 있는 것처럼 보였다. 애벌레는 나무에 남아 있는 허물을 먹어치우고는 당당하게 나뭇잎을 향해서 걸어갔다.

이제 열세 번째 애벌레의 몸은 제법 커져서 이파리 밑에 숨어도 예전처럼 안전하게 가려지지 않았다. 그래서 애벌레는 가짜 침으로 무장하고, 천적들에게 독이 있으니 함부로 건드리지 말라는 위장을 하고 있었다. 아무리 위장해도 자기 몸이 드러난다는 것은 그만큼 위험이 뒤따를 수밖에 없었다. 애벌레는 산초나무 잎사귀 밑으로 가서 최대한 몸을 감추고 거꾸로 매달린 채 잎을 갉아 먹어야 했다.

지난 태풍으로 부러져서 떨어진 신갈나무 가지 밑에 깔린 산초나무는 죽어갔다. 워낙 큰 신갈나무 줄기 밑에 깔렸기 때문에 햇볕을 받을 수가 없었다. 산초나무를 누르고 있던 신갈나무 이파리도 시들었다. 신갈나무 이파리들은 시들어서 쭈글쭈글해졌어도 쉽게 떨어지지 않았고, 바람이 불면 서로 부대끼면서 요란한 소리를 냈다.

신갈나무 밑에 깔려서 죽어가는 산초나무 가지에는 산호랑나비 애벌레 번데기 두 개가 붙어 있었다. 그들은 번데기라는 안전한 집 안에 있었으므로 태풍이 몰아치고, 위에서 부러진 신갈나무 가지가 떨어졌어도 아무런 피해를 보지 않았다. 오히려 신갈나무 가지가 덮어주어 더 안전해졌다고 볼 수도 있었다. 많은 애벌레들이 바람에 못 이기고 떨어졌지만 번데기가 떨어진 경우는 거의 없었다. 그만큼 번데기는 안전했다.

9월 초가 되면서 골짜기는 해만 떨어지면 쌀쌀해졌다. 계곡물에서는 안개가 피어올랐다. 다행히도 안개는 달이 떠오르는 하늘을 가리는 심술쟁이가 아니었다. 달은 어느 때보다도 밝았다. 태풍으로 구멍이 뚫린 숲 속 구석구석을 자비로운 눈빛으로 어루만져주었다. 골짜기를 따라 줄 지어 서 있는 나뭇가지들 사이로 사람들이 이용하는 작은 오솔길이 드러났다. 작은 돌멩이들과 낙엽들이 몰려나와서 놀고 있는 그 길은 산초나무 아래쪽 계곡으로 이어졌는

데, 달빛이 그곳으로 집중되면서 눈가루가 쏟아지는 듯했다.

달빛이 산호랑나비 애벌레의 번데기가 붙어 있는 곳까지 찾아와 주었다. 번데기는 꿈틀거림으로 달빛에 답을 했다. 신갈나무에 깔린 산초나무 아래쪽에 있던 초록색 번데기였다. 그보다 위에 붙어 있던 갈색 번데기도 꿈틀거렸다. 두 개의 번데기는 거의 동시에 깨어나고 있었다. 초록색 번데기는 나뭇가지에 실로 튼튼하게 묶여 있었는데, 번데기 속에서 나비가 꿈틀거릴 때마다 실이 조금씩 흔들렸다. 어느 순간 박쥐처럼 생긴 번데기 머리 쪽에서 도드라지게 움직임이 엿보였다. 이미 번데기와 나비는 몸이 서로 분리되어 있었고, 그래서 희미하지만 번데기의 두터운 갑옷 속으로 나비의 모습이 보였다. 그 갑갑한 번데기 속에서 나비는 어서 나오고 싶어 안달이었다. 하지만 번데기는 마지막까지 자신의 임무를 다하려는 듯 쉽게 나비를 내보내 주지 않았다. 좀 더 밤이 깊어지자 간신히 번데기 머리 쪽에 금이 갔을 뿐이다.

강한 이나 발톱이 없는 나비는 번데기의 단단한 갑옷을 뚫고 얼른 나올 수가 없었다. 모든 것이 기다림의 연속이었다. 갈라진 번데기의 갑옷이 마르면서 스르르 갈라지기를 기다릴 수밖에 없었다. 어느 정도 갑옷이 갈라지자 나비는 머리를 내밀기 시작했고, 그와 동시에 번데기의 갑옷이 찢어졌다. 너무 무리하게 힘을 쓰면 나비가 다칠 수가 있었다. 특히 물기에 젖어 촉촉한 날개는 아주 약해서 찢어지는 번데기의 갑옷에 조금만 긁혀도 큰 상처를 입는다. 날개가 다친다면 나비에게는 죽음이나 마찬가지였다. 나비는 답답할 정도로 느리게 번데기에서 빠져나올 수밖에 없었다.

달이 하늘 한복판으로 올라왔고, 어디선가 날아온 박쥐들이 요란하게 사냥감을 물고 사라질 즈음 산호랑나비는 번데기에서 빠져나왔다. 산초나무가 옆으로 뉘어 있었기 때문에 신갈나무 가지를 잡을 수밖에 없었다. 수많은 애벌레들의 꿈인 나비가 되었지만 아직은 기쁨을 누릴 때가 아니었다. 날개를 말리는 시간이 가장 중요하기 때문이다. 이때가 나비에게는 가장 위험하다. 번데기에서 나왔으니까 이제는 자신을 보호해줄 집도 없었다. 아직 날개가 마르지 않아서 천적이 공격을 해 와도 날아가지 못한다. 나비는 더욱 긴장하면서 주위를 경계했고, 바람이 불 때마다 살짝 몸을 옆으로 돌렸다.

갈색 번데기 속에서 잠을 자던 호랑나비도 무사히 깨어났다. 이제 날이 밝으면 우아한 산호랑나비 두 마리가 숲 속으로 날아가는 모습을 보게 될 것이다. 달이 산 너머로 사라지자 산호랑나비의 촉촉한 날개는 쭉 펴지기 시작했고, 이제 머지않아 따뜻한 나라로 이사를 하게 되는 소쩍새들이 여기저기서 울어대다가 잠잠해질 즈음에는 마치 다림질을 한 것처럼 날개가 펴져 있었다. 동쪽 하늘이 붉게 물들면서 동이 트기 시작했다. 그와 동시에 부지런한 박새들이 날아올랐다.

초록색 번데기에서 나온 산호랑나비는 신갈나무 가지 사이를 빠져나왔다. 나뭇가지에서 가지로 건너뛸 때마다 팔랑거렸지만 아직은 날 수가 없었다. 산호랑나비는 햇살이 가장 잘 드는 신갈나무 위로 올라갔다. 그러고는 날개를 수평이 되도록 펼쳤다. 세상 그 누구도 만들어낼 수 없는 화려한 문양이 새겨진 날개였다. 까만색과 하얀색 그리고 짙은 노란색이 잘 어우러져 있었다. 날개 밑에는 하늘을 날 때 중심을 잡을 수 있도록 가느다란 꼬리댕기가 드리워져 있고, 바로 그 안쪽에는 짙은 노란색 문양이 동그랗게 그려져 있어서 꼭 무슨 동물의 눈처럼 보였다. 날개 앞부분은 가장 강한 바람의 저항을 받아야 하므로 날개맥이 튼튼했으며, 날개 뒷부분은 안쪽으로 꺾어지면서 안정감 있게 균형을 이루고 있었다. 그 얇은 날개 속에는 수많은 날개맥들이 얽혀서 약한 날개를 튼튼하게 붙잡아 주었다.

나비의 날개로 햇살이 내려왔다. 스스로 체온을 조절하지 못하는 나비는 날기 위해서 어느 정도 열이 필요했다. 그래야만 몸속에 있는 피들이 자유롭게 흐른다. 나비는 날개를 이용해서 태양열을 받아들였다. 따뜻한 열기가 날개 속에 얽혀 있는 날개맥으로 흐르는 피에 전달되었다. 그 피는 나비의 온몸으로 퍼져 나갔다. 날개를 쫙 펴면 몸통과 날개 모두 빛을 받고, 날개를 브이 자 모양으로 하면 날개 아래에만 빛을 받고, 더 좁히면 빛의 반사로 날개 끝까지 열을 받는다. 나비는 모든 상황을 가정해서 날개의 상태를 점검하고 있었다.

나비는 잘 보이지 않는 날개 밑이 더 아름다웠다. 검은색 날개맥 사이사이로 흰색 날개천이 보였는데, 햇볕이 비치자 날개맥 사이사이에서는 노란색과 진한 귤색이 드러나기 시작했다. 잘록한 배도 흰색 바탕에 까만 테두리가 양각 판화처럼 돋보였고, 더듬이는 활기차게 움직였다. 나비는 다시 한 번 날개를 펄럭이더니 쓰러진 신갈나무 가지를 차고 날아올랐다. 처녀비행이지만 무난하게 날았다. 나비는 계곡으로 내려가서 물을 마신 다음 숲 우듬지 너머로 날아가 버렸다. 나비가 빠져나간 번데기는 연한 노란색으로 변했다.

　또 한 마리의 산호랑나비는 보이지 않았다. 갈색 번데기만이 나뭇가지에 붙어 있었다. 잡아먹힌 흔적도 보이지 않았다. 햇살은 시들어버린 신갈나무 잎 사이사이로 비수처럼 파고들었다. 그 사이에서 참나무 이파리가 흔들리는 소리가 났다. 누군가 신갈나무 잎을 흔들고 있었다. 바로 갈색 번데기에서 나온 산호랑나비였다. 그 호랑나비는 햇살이 비치는 신갈나무 위로 나오려고 버둥거리고 있었지만 제대로 되지 않았다. 가련하게도 왼쪽 날개가 펴지지 않았다. 오른쪽 날개는 근사하게 펴졌지만 왼쪽 날개는 아직도 쭈글쭈글했다. 호랑나비는 햇볕으로 나와 날개를 말렸지만 소용이 없었다. 무엇 때문에, 왜 날개가 펴지지 않았는지 그건 모른다. 아무튼 호랑나비는 더 이상 날개가 펴지지 않는다는 사실을 알았다. 그래도 호랑나비는 날아오르려고 날개를 몇 번 팔랑거리더니 힘껏 가지를 박차고 날아올랐다. 하지만 호랑나비는 단 몇 센티미터도 날아오르지 못하고 신갈나무 가지 사이로 추락했다. 비참했다. 그렇지만 호랑나비는 좌절하지 않았다. 다시 날개를 파닥거리면서 신갈나무 가지 위로 올라왔다. 그러고는 꿈에 그려왔던 하늘을 향해 다시 날아올랐다. 이번에는 조금 전보다 약간 높이 솟았지만 역시 추락하고 말았다. 펴지지 않던 왼쪽 날개가 약간 찢어졌다. 호랑나비는 더 급해졌다. 호랑나비는 더 힘껏 날개를 파닥거렸고, 그때마다 신갈나무 잎에 부딪히면서 요란하게 소리가 났다.

마침 근처를 지나가던 다람쥐 한 마리가 그 소리를 들었다. 다람쥐는 겁쟁이였지만 호기심도 많았다. 처음에는 신갈나무 가지 속에 고양이가 숨어 있는 줄 알고 달아나려고 했지만 계속 소리가 들리자 고개를 쭉 빼고는 쳐다보았다. 다람쥐는 신갈나무 줄기 가까이 다가왔다. 호랑나비였다. 이상하게도 호랑나비는 날아가지 못하고 있었다. 다람쥐는 호랑나비를 쳐다보면서도 어쩐지 겁먹은 눈빛이었다. 자기한테 저항할 수 없을 정도로 약한 상대를 앞에 두고도 무서운 눈빛을 보이지 못했다. 하지만 다람쥐의 몸에서는 겨울을 나기 위해서는 더 많은 단백질을 보충해야 한다는 본능이 꿈틀거렸다. 그래서 평소에는 잡아먹지 않던 호랑나비 쪽으로 기어갔다. 이 다람쥐는 생전 처음으로, 다른 생명체의 목숨을 좌지우지하는 절대적인 존재로 변해 있었다. 이년생인 다람쥐가 나비를 잡아보기는 처음이었다. 짝짓기를 하고 땅으로 떨어진 수컷 나방을 잡아먹은 적은 몇 번 있었다.

다람쥐는 신갈나무 가지 사이에서 파닥거리고 있는 호랑나비 날개를 입으로 물었다. 호랑나비가 더욱 몸부림치자 앞발로 툭 쳤다. 날개가 찢어지면서 호랑나비가 신갈나무 가지 밑으로 떨어졌다. 다람쥐는 주위를 한번 경계하고는 신갈나무 밑으로 가서 호랑나비를 입으로 물고는 우적우적 씹어 삼켰다. 그리고는 계곡으로 내려가서 물을 마신 다음 나비가 날듯이 나무를 타고 올라가서 이리저리 건너뛰며 사라졌다.

절름발이 고양이

낮과 밤의 기온 차이가 십 도 이상 벌어졌다. 가중나무 고치나방 애벌레들은 갑작스러운 날씨 변화에 적응하지 못하고 추위에 떨었다. 애벌레의 몸속으로 흐르는 피는 스스로 온도를 조절할 수 없었다. 두꺼운 옷이라도 입어야 하지만 애벌레들의 몸을 덮고 있는 피부는 너무나도 얇았다. 고작해야 빗물이 스며드는 걸 막아낼 수 있을 정도였다. 청설모처럼 털이라도 있었다면 어느 정도 추위를 이겨낼 수 있었으리라. 그것도 아니라면 무당벌레들처럼 나무에서 내려와 땅바닥에 깔려 있는 나뭇잎 속으로 숨어야 했다. 애벌레들은 그렇게 추위를 피할 수도 없었다. 애벌레들에게 산초나무는 집이나 다름없었다. 산초나무에서 내려가는 순간 너무나도 많은 위험이 도사리고 있었다. 애벌레들은 아무리 밤이 추워도 나무에서 내려가지 않았고, 어서 아침이 오기만을 기다리는 수밖에 없었다. 그러다가 아침이 되면 햇살이 잘 드는 가지 위로 기어갔다. 애벌레는 햇볕을 이용해서 체온 조절을 한다. 여름철에는 햇볕을 빌지 않아도 어느 징도 체온 조절이 가능하지만 밤과 낮의 기온 차이가 벌어지는 가을철에는 반드시 햇볕이 필요했다. 이제는 먹는 것보다 햇살이 더 중요한 시기였다.

애벌레들은 그렇게 햇볕을 받아서 체온을 조절한 뒤에야 맹렬하게 산초나무 잎을 갉아 먹었다. 최대한 많이 먹어서 에너지를 축적해야만 추운 밤을 견딜 수 있었다.

한낮이 되면 가을매미들의 노랫소리가 울려 퍼졌다. 여름매미들의 노랫소리는 사람들이 흔하게 부르는 유행가와 비슷했다. 곡도 짧고 하나같이 노래의 마지막 부분에서 절정으로 치달았다. 반면 가을매미의 노랫소리는 처음부터 끝까지 음의 높낮이가 심하지 않았고, 몇 시간 동안 쉬지 않고 연주하는 교향곡처럼 길었다. 여름매미들하고는 확실히 달랐다. 매미들도 애벌레들처럼 밤에는 거의 움직이지 않았다. 스스로 체온 조절을 하지 못하는 곤충이기 때문이다. 아침이 되면 햇볕이 잘 드는 가지 쪽에 앉아서 몸의 온도를 높인 다음 수액을 충분히 빨아 마시고 나서야 음악을 연주할 수 있었다. 수컷 매미는 악기가 따로 없다. 수컷 매미의 몸속은 관악기와 같은 구조로 텅 비어 있다. 수컷 매미의 연주 소리는 자신의 배 속에 텅 빈 곳을 통과하면서 더욱 크게 울려 퍼졌다.

곤충들과 달리 청설모는 새벽부터 활기차게 돌아다녔다. 특히 인근에 사는 청설모들 중에서 가장 나이 든 수컷 청설모 한 마리는 밤송이를 물고 다니는 것을 자랑으로 삼았다. 이 숲에서 사는 청설모들 중에서 밤송이를 입으로 물고 갈 수 있는 놈은 아무도 없었다. 늙은 청설모는 일부러 밤송이를 물고는 이 나무 저 나무로 옮겨 다녔다. 다른 청설모들은 늙은 청설모를 신기하다는 눈초리로 쳐다보았다. 비결을 알려달라고 따라다니는 청설모들도 있었다. 늙은 청설모는 한껏 거드름을 피우면서 신갈나무 가지 위로 올라가서 길터앉았다. 그린 다음 밤송이의 아람 벌어진 틈을 내려다보았다. 늙은 청설모는 아람 벌어진 사이에 있는 밤 가시를 입으로 없앤 뒤, 알밤을 끄집어내서 앞발로 굴리기 시작했다. 다른 청설모들이 옆으로 다가오자 늙은 청설모는 알밤을 입안에다 얼른 넣어버렸다.

그렇게 청설모들이 한바탕 수다를 떨고 나면 아침 햇살이 찬란하게 부서지면서 숲 속으로 내려왔다.

언제부턴지 까만 고양이 한 마리가 산초나무 주위를 어슬렁거리기 시작했다. 왼쪽 뺨에는 다른 고양이의 발톱에 긁힌 흉터가 유성 꼬리처럼 날카롭게 그어져 있고, 오른쪽 다리는 심하게 절었다. 개바위 아래에 있는 절에서 살아가는 늙은 고양이였다. 고양이의 눈빛은 무척 어두웠다. 지나간 폭풍우가 절 앞에 있는 가로등을 부러뜨린 뒤로는 더 이상 나방을 사냥할 수 없었다. 고양이는 어쩔 수 없이 다른 사냥감을 찾아 나섰다.

고양이는 오랜 경험으로 이 골짜기에 청설모와 다람쥐 들이 많이 살고 있다는 것을 알았다. 주로 나무에서 살아가는 그 녀석들을 사냥하기란 쉽지 않았다. 고양이는 스스로에게 그동안 너무 안일하게 살아왔다고 자책했다. 아무리 오른쪽 다리를 전다고 해도 아직 발톱은 쓸 만했다. 오히려 발톱을 사용하지 않으니까 더욱 무디어진 것이다. 고양이는 밤새도록 가로등 밑에 앉아서 떨어지는 나방들을 잡아먹던 기억이 떠오르자, 앞발로 자신의 얼굴을 마구 문지르면서 가르랑거렸다. 몹시도 배가 고팠다. 태풍이 숲을 휩쓸고 간 뒤에는 죽은 동물들의 시체만 찾아 다녔다. 이제는 죽은 동물의 시체도 볼 수 없었다. 그래도 산을 내려가서 사람들이 버린 쓰레기를 뒤지기는 싫었다. 차라리 여기에서 굶어 죽는다고 해도 산을 내려가지는 않을 것이다. 고양이는 산초나무 옆에 떨어져 있는 신갈나무 가지 밑으로 들어가서 휴식을 취했다. 밤이 되기를 기다렸다가 작은 쥐라도 사냥하는 편이 낫겠다고 생각했다.

고양이는 눈을 감고 졸았다. 잠시 뒤 고양이는 슬그머니 눈꺼풀을 밀어 올렸다. 예민한 고양이의 귀가 누군가 다가오고 있음을 알렸기 때문이다. 다람쥐 한 마리가 입안에 도토리를 가득 물고서 산초나무 쪽으로 오고 있었다. 얼마 전에 날개가 펴지지 않은 산호랑나비를 잡아먹은 그 다람쥐였다. 다람쥐는 꼬리를 이리저리 깝죽

대면서 산초나무 옆으로 떨어진 신갈나무 줄기 밑까지 왔다.

한동안 사냥을 하지 않았던 고양이는 너무 일찍 다람쥐를 공격하기 위해서 몸을 일으키다가 신갈나무 잎을 건드리고 말았다. 말라비틀어진 신갈나무 잎은 조금만 건드려도 부스럭거리는 소리가 크게 났다. 다람쥐도 그 소리를 들었다. 아마 다른 다람쥐였다면 그 신갈나무 속을 의심의 눈초리로 보았을 것이다. 하지만 이 다람쥐는 그 신갈나무 속에서 산호랑나비 한 마리를 잡아먹은 적이 있기 때문에, 무서운 천적에 대한 생각보다는 혹시 또 다른 나비가 있을지도 모른다는 생각부터 떠올렸다. 그래서 다람쥐는 고양이가 공격 준비를 하기 위해서 신갈나무 잎을 부스럭거릴수록 재미있다는 표정을 지으며 다가갔다.

신갈나무 속에서 웅크리고 있던 고양이는 한동안 멍했다. 분명히 자신이 실수를 했는데도 다람쥐가 달아나지 않고 다가오고 있었기 때문이다. 날씨가 추워지면서 부쩍 힘이 떨어진 고양이는 이제 자신이 많이 늙었음을 인정할 수밖에 없었다. 그런 만큼 먹이 사냥도 쉽지 않았다. 따라서 먹이에 대한 집착이 더 강할 수밖에 없었다. 고양이는 더욱 몸을 낮게 낮추고, 다람쥐가 더, 더, 더 다가오기를 기다렸다.

고양이가 끝까지 신경 쓴 것은 바람이었다. 바람이 다람쥐 쪽으로 불어 간다면, 다람쥐가 고양이 냄새를 맡고 달아날지도 모른다. 하지만 다행히 바람은 고양이 쪽으로 불어 왔다. 다람쥐가 바로 앞까지 다가오자, 잔뜩 웅크리고 있던 뒷다리가 펴지면서 고양이 몸이 앞으로 튕겨 나갔다. 그 순간만큼은 젊은 고양이들 못지않게 빨랐다. 고양이는 정확하게 다람쥐의 목을 물었다. 다람쥐는 찍, 하는 비명을 한 번 질렀을 뿐이다. 고양이는 더 이상 발악을 용납하지 않았다. 그만큼 완벽히게 디람쥐의 숨통을 끊이비렸다. 고양이는 축 늘어진 다람쥐를 물고 다시 신갈나무 가지 밑으로 들어가서 굶주린 배를 채우기 시작했다.

한참 뒤에 고양이는 신갈나무 밑에서 나와 두리번거리더니 산초나무 밑에 우거진 갈대숲으로 들어갔다. 이제 두 개 남은 산초나무 줄기 밑에는 고양이가 조금만 몸을 비벼도 편안하게 잠자리가 만들어질 만큼 갈대들이 많았다. 고양이는 그곳이 마음에 들었다. 바람도 많이 불지 않았고, 햇살도 잘 들었다. 가끔씩 산초나무에서 떨어지는 애벌레들의 똥이 몸으로 떨어졌다. 처음에는 애벌레들의 똥이 떨어질 때마다 깜짝깜짝 놀랐지만 시간이 조금 흐르자 아무렇지도 않게 잘 수 있었다. 밤이 되면 멀리 개바위 밑까지 사냥을 나가기도 했지만 낮에는 다람쥐를 사냥했던 그 신갈나무 가지 속에 들어가 있는 경우가 많았다. 그곳은 감쪽같이 자신의 몸을 숨길 수도 있었고, 청설모와 다람쥐 들이 그 옆으로 자주 지나갔기 때문이다.

며칠 뒤에도 밤송이를 입에 문 늙은 청설모가 나타났

다. 산초나무 뒤쪽에 있는 굴참나무 사이를 빠져나오는 것으로 보아 상당히 먼 곳에서 물고 오는 게 분명했다. 청설모는 산초나무 앞에서 밤송이를 놓고는 요란하게 소리쳤다. 사방 숲 속에서 일하던 청설모들을 불러 모으기 위해서였다. 늙은 청설모는 몸을 곧추세우면서 오늘도 밤송이를 물고 왔다고 떠들어댔다. 그러다 보니 바로 앞에 쓰러져 있는 신갈나무 가지 밑에 고양이가 숨어 있다는 것을 알아채지 못했다. 나무 위의 청설모들도 밤송이를 입에 문 늙은 청설모만 내려다보고 있었다. 며칠 전 그곳에서 다람쥐 한 마리가 고양이한테 당했다는 것을 알았기 때문에 늘 조심했지만, 지금 이 순간에는 싹 잊고 있었다. 고양이에게는 좋은 기회였다. 군침이 돌았다. 청설모 고기는 이 년 전에 먹어본 적이 있다. 그 어떤 고기보다 기름지고 살이 많았다. 고양이는 힘껏 뛰쳐나가고 싶었지만, 청설모가 더 가까이 오기를 기다렸다. 청설모는 아예 고양이가 웅크린 쪽으로 뒷걸음질 치고 있었다. 고양이는 더 빠르고 정확하게 몸에다 탄력을 주기 위해서 최대한 몸을 웅크렸다. 너무 조심스럽게 행동하려다 보니 꼬리가 살짝 신갈나무 잎을 건드렸다. 부스럭 소리가 나자 늙은 청설모는 순간적으로 눈을 돌렸고, 고양이 눈하고 마주쳤다.

고양이가 먼저 몸을 날렸다. 고양이 발톱이 화살처럼 날아갔다. 하지만 늙은 청설모도 산전수전 다 겪은 노련한 놈이었다. 청설모는 고양이가 공격을 할 때 입이 아니라 발톱이 먼저 날아온다는 것

을 경험으로 알았다. 청설모는 고양이하고 마주치는 순간 옆으로 몸을 틀었고, 고양이 발톱이 빗나갔다고 생각하는 순간 산초나무 쪽으로 뛰어나갔다. 고양이도 노련하기는 마찬가지였다. 비록 발톱은 빗나갔지만 청설모의 다음 동작을 예측하고는 산초나무 쪽으로 몸을 돌렸다. 청설모는 달아날 곳이 없었다. 산초나무를 제외하고는 다른 나무들은 좀 떨어져 있었다. 청설모는 주위를 휘둘러본 다음 죽기 아니면 까무러치기라는 식으로 몸을 날렸다. 고양이는 깜짝 놀랐다. 청설모가 산초나무 위로 올라갔기 때문이다. 가시투성이 산초나무를 청설모는 좋아하지 않는다. 이 청설모는 아직까지 산초나무를 타고 올라가 본 적이 없었지만 지금은 목숨을 다투고 있기에 이것저것 가릴 처지가 아니었다. 고양이는 회심의 미소를 지었다. 그 산초나무는 주위에 있는 다른 나무들과 멀리 떨어져 있어서 달아날 수가 없었다. 게다가 산초나무는 무거운 청설모의 몸무게를 지탱할 만큼 굵지 않다는 것도 알고 있었다. 아니나 다를까. 청설모가 땅에서 뛰어올라 산초나무 줄기 중간쯤을 붙잡자, 산초나무는 활처럼 휘어지면서 반대편으로 쓰러지려고 했다.

고양이는 청설모가 땅으로 떨어질 거라 예측하고는 산초나무가 기울어지는 쪽으로 달려갔다. 그러나 산초나무는 거의 땅에 닿으려고 하다가 다시 탄력을 받아서 줄기를 일으켰고, 그와 동시에 청설모는 마치 장대를 이용해서 멀리뛰기를 하듯이 멀리 뛰어내렸다. 그것만큼은 고양이도 전혀 예측하지 못했다. 청설모도 산초나무가 그렇게 탄력이 좋을 줄은 몰랐다. 청설모는 땅바닥에 떨어진 뒤에도 한동안 얼떨떨했지만, 이내 정신을 차리고는 신갈나무 위로 올라갔다. 산초나무는 심하게 요동치면서 이파리 몇 개를 떨어뜨렸다. 청설모는 신갈나무 밑에서 허탈하게 올려다보고 있는 고양이에게 욕설을 퍼붓기 시작했다. 도토리도 집어 던졌다. 화가 난 고양이는 날렵하게 달려가서 나무를 타고 오르는 시늉을 했지만, 이내 부질없는 짓임을 알고는 꼬리를 내렸다. 고양이는 자신의 패배를 인정하듯이 숲 속으로 사라졌다.

산초나무 뒤에 있는 굴참나무 우듬지에서 그들의 싸움을 지켜보고 있는 눈동자가 있었다. 얼마 전 산초나무 가지로 떨어진 비둘기 똥을 애벌레로 착각하고 먹을 뻔했던 까치였다. 까치 역시 나이가 들어서 다가오는 겨울을 무사히 날 수 있을지 알 수 없었다. 하지만 지금 이 순간만큼은 노련한 눈빛이 빛나고 있었다.

까치는 청설모가 산초나무를 이용해서 위기를 벗어나는 모습을 보고 감탄하다가, 순간적으로 심하게 요동친 산초나무에서 이파리와 함께 무엇인가 떨어지는 것을 보았다. 노련한 까치는 그것이 애벌레임을 알아챘다. 다른 새들이 눈치채지 못하도록 소리 없이 날아와서 산초나무 밑을 뒤지기 시작했다. 까치의 눈은 정확했다.

살이 통통하게 오른 가중나무고치나방 애벌레 한 마리가 이파리와 함께 떨어져 있었다. 까치는 애벌레를 부리로 몇 번 콕콕 쫀 다음 단숨에 삼켜버렸다. 열한 번째 애벌레였다. 청설모는 가느다랗고 탄력 있는 산초나무 덕분에 살아날 수 있었지만, 엉뚱하게도 그 나무에서 살고 있던 애벌레 한 마리가 희생을 당한 것이다.

가을에 쏟아진 우박

초록색 옷을 입은 풀들은 햇살한테 빌린 물감으로 울긋불긋한 꽃을 피워내고 있었다. 계곡물에다 발을 담그고 살아가는 고마리들은 작은 꽃을 수천수만 송이씩 펼쳐놓고 잔치를 벌였다. 고마리는 봄꽃을 닮았다. 무리 지어 피어나는 속성이 그러했고, 아주 화려한 색감을 좋아하는 것이 그러했고, 작은 풀꽃인 점이 그러했다. 키는 작지만 무리 지어서 피다 보니 이 골짜기에서 피어나는 꽃들 중에서 가장 눈에 띄었다.

산초나무 오른쪽에는 진한 보라색 산부추꽃 네 송이가 피어났다. 가느다란 꽃대를 쭉 밀어 올린 다음 우산살처럼 꽃술을 늘어뜨렸다. 꽃이 피지 않을 때는 산부추라는 식물이 살고 있는지 아무도 몰랐다. 그만큼 보잘것없는 존재였다. 다른 식물들은 산부추가 꽃을 피우는지도 모른다. 자기 종족을 보존하기 위해서 꽃을 피운다고 하지만, 그것 외에도 개화는 자신들의 존재를 당당하게 드러내기 위한 수단인지도 모른다.

요즘 날씨는 봄하고 비슷했다. 그래서 계절을 착각한 진달래나무 하나가 예닐곱 송이의 꽃을 터뜨렸다가 주변 나무들의 야유를 받고는 슬그머니 시들어갔다. 양지바른 곳에서는 이른 봄처럼 애기똥풀과 괴불주머니 잎 들이 무성하게 자라났다.

계절을 착각한 식물들을 비웃기라도 하듯이 정오가 지나자 하늘이 흐려지고 돌풍이 불었다. 가장 먼저 잎을 색종이로 만들어서 떨어내 버린 산벚나무들의 가지가 심하게 흔들렸고, 땅바닥에 떨어져 있던 낙엽들이 소용돌이치면서 숲 위로 날아올랐다. 신갈나무 꼭대기에다 집을 짓고 사는 까치들이 요란하게 동네 방송을 하면서 어디론가 몰려갔고, 도토리를 줍던 청설모와 다람쥐 들도 서둘러 자기 굴로 돌아갔다. 골짜기에서 도토리를 줍던 사람들도 누군가에게 쫓기듯이 산을 내려갔으며, 고운 옷을 입은 나비들은 풀이나 나뭇잎 뒤로 몸을 숨겼고, 딱정벌레들은 땅속으로 숨어버렸다.

뭔가 무시무시한 일이 일어날 것 같은 분위기였다. 삽시간에 짙은 구름이 하늘을 덮어버렸다. 한낮인데도 컴컴했다. 특히 신갈나무 숲 속은 어두웠다. 갑자기 번갯불이 날름거리면서 시커먼 하늘 한복판이 쩍 갈라져버릴 것만 같았다. 곧이어 살아 있는 모든 것들이 공포에 질려서 비명을 지를 정도로 천둥이 큰 소리로 내리쳤다. 산이 부들부들 떨었다.

산초나무에 있는 여섯 마리 가중나무고치나방 애벌레들도 심한 공포심을 느꼈다. 산초나무는 돌발적으로 불어오는 돌풍이 지나갈 때마다 심하게 몸부림을 쳤다. 열세 번째 애벌레들은 얼마 전에 지나간 폭풍이 떠올랐다. 열세 번째 애벌레는 산초나무 줄기에서 가장 높은 곳에 붙어 있었다. 열세 번째 애벌레는 자신이 몹시 위험한 곳에 있다고 생각한 순간 좀 더 굵은 가지 쪽으로 내려왔다.

아직 빗방울은 떨어지지 않았다. 열세 번째 애벌레는 큰 줄기에서 작은 가지가 갈라지는 지점까지 내려왔다. 다른 애벌레들도 각자 가장 안전하다고 판단된 곳으로 몸을 피했다. 그것이 최선의 방법이었다. 애벌레들은 새처럼 날아갈 수도 없었고, 청설모처럼 빠른 발을 이용해서 안전한 동굴 속으로 피할 수도 없었고, 딱정벌레처럼 억센 발을 이용해서 땅을 파고 숨을 수도 없었다. 그나마 안전한 곳이 이 산초나무였지만 애벌레들의 안전까지 보장해줄 만한 능력이 없었다.

삼십여 분가량 번개를 동반한 천둥이 산을 흔들었다. 갑자기 세찬 빗줄기가 쏟아지기 시작했다. 빗소리는 총소리보다 더 컸다. 귀가 멍멍할 정도였다. 비에 우박이 섞여서 내리고 있었다. 골짜기를 아름답게 수놓은 고마리 꽃밭은 처참하게 변해갔다. 약한 잎과 줄기는 우박을 맞자마자 찢어지고 꺾어져버렸다. 산부추꽃도 꽃술이 떨어지고, 꽃송이가 통째로 떨어져 내리기도 했다. 지난봄부터 지금까지 숱한 역경을 이겨온 나뭇잎들도 이 갑작스러운 우박 세례를 어떻게 이겨내야 할지 몰라서 당황하고 있었다. 우박을 정통으로 맞고도 성한 나뭇잎은 거의 없었다. 다만 소나무 같은 침엽수들만이 피해를 덜 보았을 뿐이다.

사실 숲은 모든 걸 받아들여야 하는 운명을 타고났다. 빗방울도, 거친 바람도, 햇볕과 달빛도, 눈보라도 그리고 이렇게 때를 가리지 않고 쏟아지는 우박까지도. 다만 받아들이는 방법이 다를 뿐이다. 숲은 온몸으로 우박을 맞으면서 묵묵히 자신의 운명을 받아들이고 있었나. 하시만 사납게 쏟아지는 우박은 숲에게 너무 큰 상처를 입히고 있었다.

지난번 태풍이 지나갈 때 신갈나무 가지가 떨어지는 바람에 큰 피해를 본 산초나무는 아직까지 잘 버티어내고 있었다. 가느다란 줄기는 아무리 강한 바람이 갑자기 불어와도 부드럽게 이겨냈고, 작지만 윤기가 있는 이파리는 우박이 내리쳐도 끄떡없었다. 우박이 산초나무 이파리의 매끈한 표면에 부딪히면서 옆으로 미끄러져 내려갔기 때문이다. 게다가 신갈나무 잎처럼 잎자루가 가지에 단단하게 달려 있지 않았다. 그렇기 때문에 우박이 정면으로 때려도, 그 힘에 의해서 밑으로 축 처졌다가 다시 올라올 수 있었다. 그러니까 상대적으로 큰 타격을 입지 않았다.

그렇지만 산초나무에서 살아가는 가중나무고치나방 애벌레들에게는 또다시 큰 위기가 닥친 셈이었다. 쉴 새 없이 떨어지는 우박은 애벌레들의 생명을 앗아갈 수 있는 총알이나 마찬가지였다. 우박은 거의 다 콩알만 했다. 그런 우박들이 하늘 높은 곳에서 가속도가 붙어서 떨어졌다. 피부가 약한 애벌레들이 우박을 맞는다면 치명적인 상처를 입을 수밖에 없었다.

열세 번째 애벌레의 살갗으로도 몇 번이나 우박이 스쳐 갔다. 자기 몸보다 굵은 가지 밑에 숨어 있었기 때문에 위에서 떨어지는 우박을 피할 수는 있었다. 그러나 바람을 타고 옆으로 떨어지는 우박으로부터는 안전할 수가 없었다. 우박은 일부러 열세 번째 애벌레를 공격 목표로 삼은 듯했다. 열세 번째 애벌레가 붙은 나뭇가지 위를 무섭게 때리더니, 어느 순간부터는 양옆에서 날아오기 시작했다. 다행히도 옆에서 날아오는 우박들은 그만큼 파괴력이 작았다. 게다가 수많은 산초나무 잎과 갈대 들이 열세 번째 애벌레를 지켜 주었다. 우박은 산초나무 잎과 갈대에 부딪히면서 속도가 줄어들었고, 그런 상태로 열세 번째 애벌레를 때렸다. 열세 번째 애벌레는 아픔을 느끼면서 몸을 꿈틀댔다. 물론 그 정도의 아픔은 얼마든지 참아낼 수 있었다.

열세 번째 애벌레는 혼란스러웠다. 애벌레들은 자신이 처해 있는 위기 상황에서 순간적인 판단을 하기보다는, 몸속 유전자로 전해 내려오는 본능을 따르는 편이었다. 그 본능 속에는 애벌레의 조상들이 숱한 경험을 통해서 얻은 현명한 지혜가 흐르고 있었다. 그런데 아무리 생각해도 이런 상황에서 어떻게 행동해야 하는지 알려주는 본능은 없었다. 만약 9월에 이렇게 사나운 우박이 자주 쏟아졌다면, 열세 번째 애벌레의 어미는 새끼들이 알에서 깨어나는 시기를 훨씬 앞당겼을 것이다. 이런 위험이 있는 줄 알면서도 새끼들이 자라는 주기로 삼았을 리는 없다. 그러니까 이번 우박은 그 누구도 예측하지 못한 돌발 상황이었다.

우박은 이십 분이 넘도록 계속 쏟아졌다. 산초나무 옆에 하얀 우박들이 제법 쌓였다. 삼십 분이 지나자 우박은 더 이상 떨어지지 않았다. 비도 그쳤다. 하지만 하늘은 열리지 않았고, 그대로 밤이 되어버렸다. 기온은 엄청나게 떨어졌다. 비를 맞은 열세 번째 애벌레는 몸속까지 꽁꽁 얼어버리는 것 같았다.

열세 번째 애벌레는 다리가 풀리면서 자꾸만 나무 아래로 떨어져 내릴 것만 같았다. 애벌레가 다리 힘만으로 나뭇가지에 붙어 있는 것은 아니었다. 만약 다리 힘에 의존했다면 벌써 나무 아래로 추락했을 것이다. 애벌레의 뒷다리 발바닥 한가운데에는 동그란 홈이 파여 있었다. 열세 번째 애벌레는 그 뒷발을 나뭇가지에다 착 붙였다. 애벌레의 발바닥에 파인 홈에 순간적으로 고립된 공기는 나뭇가지에 더욱 밀착되었고, 그 힘만으로도 애벌레는 나무에서 떨어지지 않았다. 그 과학적인 뒷발이 아니었으면 이 밤을 무사히 날 수가 없었을 것이다. 몸이 차가워진 열세 번째 애벌레의 몸속에는 피도 거의 돌지 않았다. 의식만 깨어 있을 뿐 몸은 번데기 상태나 다름없었다. 열세 번째 애벌레에게는 길고 긴 밤이었다. 그다음 날에도 그런 추위가 계속되었더라면 더 이상 버티기 힘들었을지도 모른다.

　　새벽은 거짓말처럼 열렸다. 패랭이꽃을 닮은 해가 방긋이 웃으며 떠올랐다. 그래도 열세 번째 애벌레는 몸을 움직이지 못했다. 그날 정오가 지나서야 온몸에 따뜻한 피가 흐르기 시작했고, 열세 번째 애벌레는 간신히 몸을 달래가면서 산초나무 잎을 찾아갈 수 있었다. 하지만 산초나무 밑 갈대숲으로 떨어져 죽은 또 한 마리의 가중나무고치나방 애벌레는 보지 못했다. 우박에 맞아서 등에 큰 상처가 난 열 번째 애벌레였다.

　　이제 산초나무에는 다섯 마리의 가중나무고치나방 애벌레들이 남아 있었다. 그들의 운명도 불안했다. 어차피 그들은 산초나무라는 아주 제한적인 공간에서 살아갔고, 아무리 자신들이 조심스럽게 살아도 자연환경의 영향을 아주 많이 받을 수밖에 없었다. 그들 중 몇 마리가 끝까지 살아남아서 고치를 지을지 그건 아무도 몰랐다.

　　열세 번째 애벌레는 그날 오후 내내 산초나무 잎을 갉아 먹었고, 다음 날 아침부터 단식에 들어갔다. 또다시 허물을 벗을 때가 된 것이다. 열세 번째 애벌레의 몸은 약간 노란색이 깃든 회색으로 바뀌어 있었다. 여전히 허물을 벗는 건 어려웠다. 허물을 벗는 일은 애벌레들에게 가장 힘들고 중요한 의식이었다. 애벌레는 지금까지 살아온 자신의 삶을 되돌아보면서 긴 명상에 잠겼다. 그러다 보면 지금까지 자신을 보호해주던 허물과 몸이 분리되었다. 그때부터는 온몸에 힘을 주어 허물이 저절로 찢어져서 떨어져 나가도록 했다. 애벌레가 허물을 벗는 일은, 애벌레들에게는 또 한 단계의 성장을 의미하므로, 애벌레 자신의 의지와는 상관없이 일정한 시간이 필요했다. 그래야만 몸이 새로운 단계로 변해갈 수 있었다. 애벌레들은 그런 식으로 나이를 먹어갔다.

새벽이 되었을 때 열세 번째 애벌레는 새로운 옷을 입고 있었다. 겉모습은 예전과 비슷했지만 몸 색깔은 연한 초록색으로 바뀌어 있었고, 자세히 보면 몸 곳곳에는 하얀 색깔이 희미하게 남아 있었다. 몸도 훨씬 커 보였다. 이제는 어린 티가 거의 나지 않았다. 열세 번째 애벌레의 몸에서는 활력이 넘쳤고, 산초나무 이파리보다 훨씬 크게 보였다. 이제 가장 왕성하게 먹어대고, 가장 힘이 넘치는 시기였다.

다른 가중나무고치나방 애벌레들도 모두 나이를 한 령씩 더 먹었다. 어떠한 시련도 삶의 흐름을 막을 수는 없었다.

파리매와 사마귀
그리고 왕침노린재

산초나무 뒤쪽에 있는 굴참나무 잎에 매달려 있던 뱀허물쌍살벌들의 집에는 이십여 마리의 벌들이 있었다. 이미 육아방들은 텅 비어 있고, 더 이상 먹이를 물어 오는 쌍살벌도 없었다. 한때 삼백 마리가 넘을 정도로 위세를 자랑하던 모습은 찾아볼 수 없었다. 날씨가 추워지자 쌍살벌들은 더 이상 벌집이 자신들을 지켜주지 못한다는 사실을 깨달았고, 날마다 한두 마리씩 어디론가 떠나갔다. 특히 찬바람이 많이 부는 밤이 지나가고 아침이 오면 쌍살벌들의 수는 눈에 띄게 줄어들었다. 끝까지 미련을 버리지 못하는 쌍살벌들은 따뜻한 햇볕이 내리쬐는 낮이 되면 다시 벌집으로 되돌아오기도 했다. 그들은 햇살이 잘 드는 벌집 뒤에 앉아서 지나간 삶들을 더듬어보고 있었다. 용맹했던 쌍살벌들의 흔적을 찾아볼 수 없을 정도로 쓸쓸한 모습이었다. 간혹 도토리를 줍는 사람이 벌집을 건드려도 공격하지 않고 오히려 달아났다. 그만큼 쌍살벌들은 소심하고 약해져 있었다.

산초나무 줄기에는 매미 애벌레의 빈 허물이 아홉 개나 붙어 있었다. 그중 하나만이 여름매미 애벌레의 허물이었고, 나머지는 모두 가을매미 애벌레의 허물이었다. 가을매미 애벌레들은 여름매미 애벌레들보다 훨씬 작았다. 그렇다고 해서 그 딱딱한 허물을 벗어던지는 시간이 빨라지는 것도 아니었다. 그들은 쌀쌀한 밤 날씨 때문에 여름매미들보나 너 고통스럽게 허물을 벗어냈다. 그리고 아침이 되어 따스한 햇살이 온몸을 데워주어야만 힘차게 날아갈 수가 있었다.

열세 번째 가중나무고치나방 애벌레는 하루의 대부분을 햇살이 잘 드는 가지에서 보냈다. 이제는 자신의 몸을 거의 감추지도 않았다. 열세 번째 애벌레의 몸은 상당히 커져서 산초나무 그 어디에도 숨길 곳이 없었다. 산초나무는 다른 나무들보다 잎이 작았고, 또 이파리도 무성한 편이 아니었다. 열세 번째 애벌레의 몸 색깔도 연한 초록색으로 바뀌어서 산초나무 가지에 달라붙어 있으면 더욱 눈에 잘 띄었다. 그래도 열세 번째 애벌레는 무사했다. 이제는 다른 나뭇잎에도 애벌레들이 거의 없었다. 산초나무 가지 끝에 있는 연한 초록색 씨앗주머니들이 따가운 가을 햇볕을 받아 까만 속살을 드러냈다. 그리고 바람이 불자 까만 씨앗을 땅으로 떨어뜨렸다.

주위에 있는 오리나무들은 이미 이파리를 떨어냈고, 신갈나무와 굴참나무 들도 누렇게 물들어가고 있었다. 특히 팥배나무들은 줄기 전체가 노랗게 물들었다. 오직 산초나무만이 아직 푸른 잎을 간직하고 있다.

열세 번째 애벌레에게 위협적이던 많은 새들도 산초나무 가지를 찾지 않았다. 그들은 땅바닥에 붙어서 낙엽 사이로 떨어진 작은 씨앗들을 주워 먹었다. 이제 열세 번째 애벌레를 위협하는 적들은 거의 보이지 않았다. 열세 번째 애벌레는 나무 밑까지 내려와서 햇볕을 쪼이기도 했다. 나무 밑에서 숲을 이루었던 갈대들도 푸른빛을 잃고 말라갔으며, 그 잎에서 살아가던 진딧물들도 사라졌다. 개미들도 보이지 않았다. 열세 번째 애벌레는 추위만 견디어내면 살아가는 데 불편함이 없었다. 이제는 추위와의 싸움이었다. 밤에 찾아오는 추위를 이겨내려면 그만큼 많이 먹어야만 했다. 열세 번째 애벌레가 씹어 삼키는 산초나무 이파리는 위로 들어가서 잘 소화된 다음, 추위를 견디어낼 수 있는 에너지가 되었다.

그런데 이상하게도 열세 번째 애벌레는 소화가 잘 되지 않았다. 열세 번째 애벌레는 똥을 눌 때마다 몹시도 힘들어했다. 몸을 거꾸로 하고 똥 싸는 버릇이 있는지라 비에 젖은 것처럼 물렁물렁한 똥이 열세 번째 애벌레의 몸으로 구르면서 달라붙었다. 애벌레는 워낙 청결했기 때문에 몸에 달라붙은 똥을 어떤 식으로든 닦아내야만 했다. 입이 닿는 곳은 고개를 돌려서 닦아냈고, 엉덩이나 등은 산초나무 줄기에다 문질러서 떼어냈다. 소화가 되지 않다 보니 산초나무 잎을 많이 먹지도 못했다.

다른 가중나무고치나방 애벌레들도 비슷한 증세를 보이고 있었다. 두 개의 줄기 중에서 가장 아랫부분 가지에 달라붙어 있던 첫 번째 애벌레만이 예전처럼 딱딱한 똥을 누었고, 다른 애벌레들은 열세 번째 애벌레보다 더 심하게 배앓이를 하고 있었다. 그중에서도 일곱 번째 애벌레가 가장 심하게 앓았다. 일곱 번째 애벌레는 하루 종일 소화시키지 못한 산초나무 잎을 토해냈고, 거의 풀즙에 가까운 물똥을 싸댔다.

우박이 쏟아지고 난 뒤로 생겨난 일이었다. 열세 번째 애벌레는 현기증까지 느꼈다. 갑자기 다리에 힘이 쭉 빠지면서 여러 차례 떨어질 뻔한 고비를 넘겼다. 열세 번째 애벌레는 이틀 동안이나 산초나무 잎을 먹지 못했다. 낮에는 그런대로 참을 만했지만 밤에는 견디기 힘들었다. 그건 다른 애벌레들도 마찬가지였다.

며칠이 지나자 열세 번째 애벌레는 조금씩 기운을 되찾았다. 무엇이 원인이었는지 알 수는 없었지만 산초나무 잎을 먹어도 토하지 않았다. 배 속이 점차 편안해졌고 가지 끝으로 가서 하루 종일 열 장 넘게 산초나무 잎을 갉아 먹었다. 하지만 일곱 번째 애벌레는 여전히 상태가 좋지 않았다. 통통하던 몸은 축 늘어지면서 야위어갔고, 힘이 없어서 제대로 움직이지도 못했다.

산초나무 잎에는 가중나무고치나방 애벌레들에게 치명적인 여러 가지 독극물이 묻어 있었다. 독극물의 정확한 성분은 알 수 없었지만 공중을 떠돌아다니다가 어느 순간에 산초나무 잎에 내려앉은 게 분명했다. 우박이 쏟아질 때 비에 쉬어서 내렸을 수도 있고, 먼지와 뒤섞여서 바람을 타고 다니다가 내려왔을 수도 있다. 아무튼 그 독극물은 이 숲에서 이십 리쯤 떨어져 있는 공장의 굴뚝에서 뿜어져 나온 연기와 관련이 있었다. 애벌레들은 먹는 나무의 이파리에 대해서 아주 까다로운 편이었다. 어렸을 때부터 자신이 먹던 나무 이파리만 끝까지 고집했으며, 중간에 먹이가 바뀌면 차라리 굶어 죽는 쪽을 택했다. 그리고 이파리에 아주 적은 양의 독극물만 묻어 있어도 치명적인 고통을 당했다.

일곱 번째 애벌레는 여전히 물똥을 싸고 있었고 점점 약해져갔다. 조금씩 산초나무 잎을 먹었지만 그때마다 토해버렸다.

일곱 번째 애벌레가 있는 나뭇가지 위로 파리매 한 마리가 날아와서 앉았다. 파리매도 햇볕이 잘 드는 나뭇가지를 좋아했다. 파리매는 옆으로 길쭉하게 뻗은 산초나무 가지에 붙어서 누군가 지나가기만을 기다리고 있었다. 여름내 수많은 곤충을 잡아먹고 살아온 파리매는 거의 잠자리만큼이나 컸다. 접힌 날개 뒤로도 주름진 배가 길게 드러날 정도였다. 파리처럼 생긴 머리는 크지 않았지만 사나운 이가 있었고, 특히 세 쌍의 발은 사슴벌레들만큼이나 강했다. 파리매는 이 산초나무가 무척 마음에 들었다. 이제 사냥감만 있으면 된다. 파리매도 삶이 얼마 남지 않았기 때문에 한창때처럼 사냥을 많이 할 필요가 없었다. 배고픔을 느끼지 않을 정도만 사냥하면 된다. 그래도 죽을 때까지 본능적으로 타고난 사냥을 멈출 수는 없었다. 게다가 파리매는 아직까지도 힘이 펄펄 넘쳤다.

파리매는 일곱 번째 애벌레를 보고도 사냥할 생각을 하지 않고, 오히려 옆으로 비켜났다. 파리매는 애벌레 따위는 관심이 없었다. 목표물을 향해 순산석으로 빠르게 날아가는 파리매들은 움직임이 둔한 애벌레 따위는 잘 사냥하지 않는다. 공중으로 날아가는 곤충을 향해 화살처럼 날아가서 낚아챌 때의 쾌감을 파리매들은 만끽하면서 살았다. 그러면서 파리매들은 더욱 당당해졌고, 파리매로 태어난 것을 한없이 자랑스러워했다. 그들은 자존심도 강했고, 그만큼 용맹스러웠다.

이 파리매도 마찬가지였다. 파리매는 멀리서 벌이 한 마리 날아오는 것을 포착했다. 하늘을 나는 매만큼이나 눈이 좋은 파리매는 대뜸 쌍살벌임을 알아냈다. 쌍살벌은 만만치 않은 상대였지만 조금도 두렵지 않았다. 얼마 전에 이 파리매는 쌍살벌보다 큰 호박벌까지 사냥한 적이 있기 때문이다. 게다가 지금 쌍살벌의 상태로는 파리매한테 상대가 되지 않았다. 파리매는 쌍살벌이 가까이 다가오자 더 이상 망설임 없이 날아올랐다. 파리매는 미사일처럼 정확하게 날아가서 쌍살벌을 낚아챘다. 쌍살벌은 엉덩이에 있는 독침으로 맞서려고 하였지만, 무시무시한 파리매의 턱이 쌍살벌의 신경을 먼저 끊어버렸다. 쌍살벌은 축 늘어졌다. 파리매는 쌍살벌을 물고서 다시 산초나무로 내려앉아서 천천히 피를 빨아먹기 시작했다.

그런 파리매를 예리하게 쏘아보고 있는 또 다른 눈이 있었다. 어젯밤에 산초나무로 날아온 암컷 사마귀였다. 암사마귀는 파리매가 쌍살벌을 사냥하는 장면도 보았고, 게걸스럽게 식사를 하는 모습도 보았다. 암사마귀는 날개가 있었지만, 사냥할 때는 전혀 도움이 되지 않았다. 날개는 나무와 나무 사이로 이사 다닐 때만 필요했다. 당연히 사마귀는 파리매처럼 공중으로 날아다니는 곤충을 사냥하지 못했다. 그렇다고 땅으로 기어 다니거나 나무 위로 빠르게 다니는 곤충들을 쫓아다닐 수도 없었다. 사마귀는 덩치가 너무 크고 느렸다. 그래서 사마귀는 풀잎이나 나뭇잎 뒤에 숨어서 곤충들이 지나가기만을 기다렸다. 그러는 수밖에 없었다. 지금도 당장 달려 나가서 파리매를 억센 앞발로 낚아채고 싶었지만, 자신이 움직이기만 하면 파리매는 날아가 버릴 것이다. 암사마귀는 갈고리처럼 생긴 앞발을 앞으로 더 쭉 뻗은 다음, 파리매가 다가오기만을 기다렸다.

쌍살벌을 먹어치운 파리매는 햇볕이 더 잘 드는 쪽으로 움직였는데, 그 길목에서 사마귀가 숨어 있을 줄은 꿈에도 몰랐다. 사마귀는 모든 동작이 느렸지만, 잔뜩 웅크리고 있다가 내뻗는 앞발은 무척 빨랐다. 파리매가 정신을 차리기도 전에 갈고리발로 낚아챘으며, 날카로운 턱으로 파리매의 목을 물어버렸다. 파리매는 저항 한 번 해보지 못했다.

시월 초라지만 한낮에 내리쬐는 햇살에는 가시의 성질을 닮은 따가움이 배어 있었다. 따가운 볕을 받아야만 곱게 피어나는 꽃들도 있는데, 물비늘이 반짝거리는 계곡물 주위에서 살아가는 꽃향유와 구절초였다. 이제 고마리꽃은 볼 수가 없었고, 햇살이 잘 드는 곳에만 송이송이 꽃들이 피어 있었다. 까끄라기 같은 햇볕은 나뭇잎을 곱게 물들여주었다. 특히 팥배나무 잎은 햇살을 받을 때마다 이파리 속에서 또 다른 빛이 우러나오기라도 하는 양 더욱 환했다. 팥배나무 밑은 깊은 숲 속인데도 다른 곳보다 더 밝았다. 바람이 불 때마다 햇살을 잔뜩 머금은 팥배나무 이파리들이 팔랑팔랑 흔들렸다.

팥배나무 가지 위에서 무엇인가 갈색 곤충 한 마리가 날았다. 하늘을 나는 곤충은 근처에 있는 졸참나무 가지에 앉았다가 다시 아래쪽으로 내려와서 산초나무에 앉았다. 몸이 길쭉하게 생긴 왕침노린재였다. 역시 그 녀석도 햇볕이 잘 드는 가지를 찾아서 기어갔다. 사냥을 하기 위해서 나온 것 같지는 않았다. 하지만 이 녀석은 길고도 추운 겨울을 이 숲 어디에선가 나야 하므로 사냥감이 눈에 띄기만 하면 그냥 지나치질 않았다. 녀석은 물장군처럼 생긴 길쭉한 몸을 이리저리 흔들면서 산초나무 가지를 타고 기어갔다. 그러다가 배앓이를 하고 있는 일곱 번째 가중나무고치나방 애벌레를 발견했다.

파리매나 사마귀하고 달리 이 녀석은 순간적으로 흥분했다. 녀석이 가장 좋아하는 먹이가 바로 애벌레였지만 요즘은 거의 구경하지 못했기 때문이다. 녀석은 앞뒤 가릴 것도 없이 애벌레에게 돌진했다. 오랜 경험으로 애벌레가 자기보다 빠르지 않다는 것을 알았기 때문이다. 왕침노린재는 길쭉한 침으로 애벌레의 등을 푹 찔러 버렸다. 애벌레는 약간 꿈틀댔지만 더 이상 움직이지 않았다. 왕침노린재는 애벌레의 피를 빨아 먹기 시작했다. 야윈 애벌레의 몸은 더욱 쭈글쭈글해지더니 가지 아래쪽으로 툭 떨어졌다. 하지만 왕침노린재는 재빨리 애벌레를 앞다리로 붙잡았다. 튼튼한 뒷다리로 나뭇가지를 단단하게 붙잡고 자신도 거꾸로 매달린 채 계속 피를 빨아 먹었다. 해가 저물도록 애벌레를 빨아 먹고 나서야 비로소 아래쪽으로 떨어뜨렸다. 이렇게 해서 또 한 마리의 가중나무고치나방

왕침노린재
몸길이가 20~26mm이며, 몸에 아주 가는 노란색 털이 촘촘히 나 있다. 머리는 가늘고 길며, 등은 검은색을 띤다. 머리 가운데 부분에 겹눈이 있고, 바로 뒤에 홑눈이 있다. 갈색 더듬이는 네 마디로 이루어져 있다. 머리보다 긴 입을 턱 아래로 감추고 있다. 나무껍질 밑이나 동굴에서 겨울을 난다.

애벌레가 사라졌고, 이제 남은 애벌레는 네 마리뿐이었다.

왕침노린재는 가중나무고치나방 애벌레들에게는 대단히 무서운 적이었다. 게다가 한번 애벌레 맛을 보았기 때문에 쉽사리 산초나무를 떠나려 하지 않았다. 열세 번째 애벌레는 아침에 햇볕을 쪼이다가 가지 위에서 움직이는 왕침노린재를 보고 얼마나 놀랐는지 모른다. 다른 가중나무고치나방 애벌레들도 마찬가지였다. 애벌레들은 적지 않게 당황했으며, 그 녀석을 쫓아낼 방법이 없다는 것도 알고 있었다. 최대한 몸을 숨기는 수밖에 없었지만 절실하게 햇볕이 필요한 애벌레인지라 그럴 수도 없었다. 왕침노린재는 애벌레들의 마음을 알기나 하는지 일부러 누린내를 짙게 뿜어내면서 더욱 공포감을 조장했다.

갑자기 하늘에서 수십 마리 까치들이 모여들면서 요란하게 소리를 지르기 시작했다. 산 위에서 매 한 마리가 내려오자, 까치들은 매가 자신들보다 작은 새를 공격한다는 것을 알면서도 호들갑스럽게 비상사태를 선포한 다음, 그 숲에 사는 까치들을 모두 다 불러 모았다. 그런 다음 소나무 꼭대기에 앉아 있는 매를 공격했다. 체구가 까치보다 약간 큰 매는 크게 당황하면서 간신히 달아났다.

산초나무에서 살아가는 가중나무고치나방 애벌레들이 까치들처럼 서로 의사소통을 하고, 서로 단합해서 천적에게 대항할 수만 있다면 희망이 있었다. 여러 마리의 애벌레들이 공격을 한다면 왕침노린재도 당황할 것이다. 하지만 애벌레들은 먹이를 두고 서로 경쟁했으며, 의사소통도 하지 않았고, 같은 동족끼리 뭉쳐야 한다는 본능이 없었다. 애벌레들에게는 희망이 없었다. 이제 왕침노린재는 날마다 가중나무고치나방 애벌레들을 한 마리씩 먹어치울 것이다.

아니나 다를까, 왕침노린재는 햇볕을 쪼이고 있는 열세 번째 애벌레를 발견하고는 날개를 펼쳤다. 비록 파리매만큼 빠르지는 않지만 애벌레보다는 훨씬 민첩했다. 다행히 열세 번째 애벌레가 산초나무 가지와 가지가 맞닿으면서 교차하는 가지 밑으로 달아나는 바람에 첫 번째 공격은 실패했다. 화가 난 왕침노린재는 고약한 방귀를 뀌면서 다시 공격해 왔다. 열세 번째 애벌레는 줄기 뒤에 숨어서 나무 아래로 달아났다. 왕침노린재는 열세 번째 애벌레가 줄기 위로 달아난 줄 알고 미리 날아올라 샅샅이 뒤지기 시작했다. 애벌레가 보이지 않자 왕침노린재는 더욱 흥분했다. 아직까지 살아오면서 애벌레 사냥에 실패해본 적이 없었다. 만약 실패한다면, 그것은 왕침노린재에게는 치욕스러운 일이었다.

왕침노린재는 다시 아래쪽으로 날아가서 애벌레를 찾았다. 애벌레는 산초나무 중간쯤 내려가고 있었다. 왕침노린재는 그쪽으로 날아갔지만 너무 서두르다 보니 이번에도 정확하게 애벌레를 공격하지 못했다. 원래 왕침노린재는 날면서 사냥하는 데는 서툴렀다. 그보다는 땅이나 나무줄기에다 발을 붙이고서 공격하는 데 익숙했

다. 이번에도 운 좋게 왕침노린재의 공격을 피했지만 더 이상은 그런 행운이 따르지 않는다는 것을 열세 번째 애벌레는 알고 있었다. 어디 숨을 곳도 없다. 몸이 통통해진 열세 번째 애벌레는 아무리 빨리 움직여도 아주 느렸다. 왕침노린재가 날지 않고도 단 몇 초면 따라잡을 거리였다. 이제 왕침노린재는 날지 않고 쫓아왔다. 얼마나 화가 났는지, 산꼭대기에서 바윗덩어리가 굴러 오는 것 같았다.

　열세 번째 애벌레는 결단을 내려야 한다는 것을 알았다. 이대로 가다가는 왕침노린재에게 잡힐 게 뻔하다. 그렇다면 모험을 할 수밖에 없었다. 왕침노린재는 애벌레가 사정거리 안으로 들어오자 날카로운 침을 치켜세웠고, 두 앞발로 애벌레를 덮쳤다. 그와 동시에 애벌레는 나뭇가지에서 몸을 날렸다. 왕침노린재의 앞발은 허공을 갈랐다. 열세 번째 애벌레는 어쩌면 다시는 살아서 기어오를 수 없을지도 모르는 곳으로 추락했다. 예전에 몸이 작고 가벼웠을 때는 지금보다 더 높은 곳에서 떨어져도 아무런 상처를 입지 않았다. 땅에 떨어져도 개미 같은 천적들의 눈에 띄지만 않는다면 충분히 살아서 다시 산초나무로 돌아올 수 있었다. 하지만 지금 열세 번째 애벌레의 몸은 대단히 크고 무거웠다. 가시나 뾰족한 돌멩이도 위험했고, 딱딱한 흙도 마찬가지였다. 열세 번째 애벌레는 죽음을 각오하고 몸을 던질 수밖에 없었다. 열세 번째 애벌레는 머리부터 추락했다. 산초나무 밑에 우거진 마른 갈대숲으로 추락했기 때문에 날카로운 갈댓잎에 조금이라도 스친다면 살아날 가망성은 거의 없었다.

그 갈대숲에는 오늘도 검은 고양이가 잠들어 있었다. 가르랑가르랑하면서 잠을 자고 있는 고양이 배 위로 열세 번째 애벌레가 떨어졌다. 열세 번째 애벌레는 운이 좋게도 거의 충격을 받지 않았다. 열세 번째 애벌레는 고양이 배에서 한 번 튀어 오르며 고양이 뒤쪽 갈대 밑으로 떨어졌다.

애벌레가 떨어지는 순간 고양이는 깜짝 놀라며 몸을 일으켰다. 뭔지는 알 수 없었지만 아주 기분 나빴다. 고양이는 살아오면서 이런 경우가 있었는지를 떠올려 보았다. 이런 일은 처음이었다. 하늘을 쳐다보아도 도토리 따위가 떨어질 만한 나뭇가지는 보이지 않았다. 고양이는 더욱 이상하다고 생각했고, 나이가 들수록 의심이 많아지는 야생동물 특유의 본능이 몸을 일으키게 하였다. 고양이는 일어나서 산초나무 주위를 조심스럽게 돌아다녔다. 골짜기 아래쪽에서 네 사람이 앉아서 과일을 먹고 있었다. 사람들은 과일을 먹다가 무엇인가를 휙 던져버렸다. 감 씨였다. 고양이는 자신의 잠을 깨운 것도 감 씨라고 생각하고는 늘어지게 하품을 했다. 이제 잠도 오지 않을 것 같았다.

고양이는 사람들이 앉아 있는 계곡 쪽으로 내려가서, 적당한 거리를 두고 숨어서 지켜보았다. 사람들이 앉았던 자리에는 반드시 쓰레기가 있고, 그 쓰레기 가운데는 먹을 만한 음식도 남아 있기 마련이다.

왕침노린재는 갑자기 애벌레가 사라지자 한동안 멍하니 있었다. 이건 있을 수 없는 일이다. 애벌레가 자신의 눈앞에서 갑자기 사라졌기 때문이다. 아래쪽을 내려다보니 갈대숲 사이로 무시무시한 고양이가 움직이고 있었다. 왕침노린재는 줄기 위로 올라가면서 사라진 애벌레를 찾아다녔다. 애벌레를 생각할수록 허탈하고 화가 났다.

왕침노린재는 날개를 펴서 산초나무 위를 빙글빙글 돌다가 내려 앉았다. 순간 뭔가가 자신의 몸을 낚아챘다. 사마귀의 앞발이 노린재 몸을 조였다. 다른 곤충들이라면 기절해버렸을지도 모르지만 왕침노린재는 천부적인 싸움꾼이었고, 얼마 전에는 사마귀도 두 마리나 사냥한 적이 있었다. 하지만 지금은 상황이 불리했다. 왕침노린재는 전혀 무방비 상태에서 사마귀의 기습을 받았다. 게다가 이 사마귀는 곧 알을 낳을 암사마귀였고, 왕침노린재보다 서너 배가량 덩치가 컸다.

왕침노린재를 기습 공격한 사마귀도 약간 당황했다. 가만히 산초나무 가지에 앉아서 기도하듯이 먹이를 기다리고 있던 사마귀 앞으로 무엇인가 내려앉았고, 사마귀는 그저 본능적으로 공격을 했을 뿐이다. 만약 그 곤충이 왕침노린재라는 사실을 알았다면 좀 더 신중했을지도 모른다. 그만큼 왕침노린재는 강한 적이다. 왕침노린재의 몸은 온통 단단한 갑옷으로 덮여 있어서 공격할 곳이 마땅치 않았다. 그렇지만 이렇게 포획한 곤충을 놓아줄 수는 없었다.

사마귀는 왕침노린재의 엉덩이 쪽이 약하다는 것을 알고 있었다. 그래서 앞발로 왕침노린재를 거꾸로 돌린 다음 엉덩이 쪽, 날개가 있는 등껍질 밑부분을 물어뜯었다.

왕침노린재도 호락호락 당하지는 않았다. 사마귀가 자신의 엉덩이 쪽을 공격하자, 왕침노린재도 사마귀의 배를 공격했다. 왕침노린재의 독침이 사마귀의 배 속으로 깊숙이 들어갔다. 다른 곤충이라면 온몸이 마비되어 움직이기도 힘들었을 것이다. 그런데도 사마귀의 입은 왕침노린재의 살점을 우적우적 씹어 삼키고 있었다. 사마귀 배 속에는 왕침노린재의 강한 독이 퍼지고 있었지만 묘하게도 신경은 살아 있었다. 당연히 사마귀는 고통을 느끼지 못했고, 계속 왕침노린재를 뜯어 먹었다. 그러다가 자기도 모르게 다리의 힘이 풀렸고, 미처 정신을 가다듬기도 전에 산초나무 밑으로 떨어지고 말았다. 왕침노린재는 사마귀의 배에다 침을 꽂은 채 죽어 있었다.

사마귀는 그제야 자신의 몸속에 치명적인 독이 퍼지고 있다는 사실을 알았지만 이미 때늦은 뒤였다. 사마귀는 몸을 버둥거려서 왕침노린재로부터 떨어진 다음 달아나려고 날개를 퍼덕거렸다. 놀랍게도 사마귀의 몸이 공중으로 떠올랐다. 처음에는 산초나무보다 높이 떠올랐지만 점점 힘이 떨어지고 있었다. 사마귀는 계곡에 앉아서 쉬고 있던 사람들 앞으로 추락했다. 순간 사람들이 비명을 지르며 일어났다. 사람들은 막대기로 사마귀를 집어 던졌고, 그것을 지켜보고 있던 고양이는 군침을 흘렸다.

모든 것을 정리하는 계절

날씨가 추워지면서 노을이 점점 붉어졌다. 개바위 주위
에 있는 소나무들은 붉게 물든 저녁 하늘을 배경으로 서 있었고, 까
마귀와 까치 들이 그 주위를 빙글빙글 맴돌았다. 그러다 보면 저녁
하늘의 노을빛도 어느덧 스러지고 골짜기로 땅거미가 짙게 깔려왔
다. 하늘은 색에 따라 표정이 달랐다. 지금 물들고 있는 하늘을 보
면 아주 포근한 느낌이 들었지만, 한여름에 뜨거운 땡볕이 쏟아지
는 하늘을 보면 무엇인가 일을 하지 않으면 안 될 것만 같은 느낌이
들었다.

아무튼 땅거미가 깔리고 나서야 열세 번째 애벌레는 정신을 차
렸다. 날씨는 쌀쌀했지만 살아 있음에 대한 환희를 느꼈다. 열세

번째 애벌레는 몸을 움직이다가 깜짝 놀랐다. 바로 앞에 고양이가 자고 있었기 때문이다. 애벌레는 갈대 줄기 밑에 가만히 있다가 고양이가 밤 사냥을 나가자 갈대를 타고 올라갔다. 산초나무 줄기로 올라가서야 비로소 집으로 돌아왔다는 안도감을 맛볼 수 있었다.

열세 번째 애벌레는 그곳에서 아침을 기다리기로 했다. 가끔씩 왕침노린재에 대한 공포가 되살아났지만 그런 위기 상황에서 살아났다는 자신감도 그만큼 커졌다. 싸늘한 밤공기가 애벌레의 살갗으로 파고들었다. 열세 번째 애벌레는 살아 있다는 생각만으로도 그 정도의 추위는 거뜬히 이겨낼 수 있었다. 긴긴 밤이 가고 숲 위로 햇살이 내려왔다.

햇살은 산초나무를 골고루 어루만지고 있었다. 산초나무 가지에 붙은 이파리들도 몇몇은 떨어지기 시작했고, 나머지 잎들은 비록 초록색을 띠고 있지만 예전처럼 윤기가 있어 보이지는 않았다. 산초나무는 자신의 잎을 먹고 살아가는 애벌레들을 알고서 그 애벌레들 때문에 힘겹게 잎을 푸르게 유지하고 있는 듯했다. 이미 다른 골짜기에 있는 산초나무 잎들은 거의 다 떨어진 상태였다. 햇살은 그런 산초나무를 격려해주면서 아낌없이 따스한 입김을 뿜어주었다. 지난여름 이글거리는 빛으로 수많은 나무와 풀 들의 성장을 무섭게 닦달하던 햇살이 아니었다. 점점 날씨가 추워지면서 햇살은 달빛만큼이나 부드럽게 변해갔다. 이따금씩 날아온 박새들은 가지 끝에서 익어가는 까만 씨앗을 쪼아 먹었다. 애벌레들을 보고도 알아차리지 못하고 그냥 지나쳤다. 박새들의 뇌리에는 이제 애벌레가 없다는 생각이 강하게 지배하고 있었다. 박새들은 아예 애벌레 사냥을 그만둔 지 오래였고, 작은 씨앗만 찾아다녔다.

열세 번째 애벌레는 하루 종일 산초나무 줄기 밑에서 잎을 갉아 먹었다. 먼지가 많이 묻어 있고, 약간 시들어가는 잎이있다. 비교적 성싱한 잎이 있는 가지 위로는 올라갈 수 없었다. 왕침노린재에 대한 공포가 살아났기 때문이다. 그다음 다음 날이 되어서야 열세 번째 애벌레는 산초나무 줄기 중간쯤으로 올라갈 수 있었고, 그곳에서 새로 이사 온 실베짱이 한 마리를 만났다. 실베짱이는 산초나무 이파리 위에서 햇볕을 쪼이고 있었다. 그다음 날 열세 번째 애벌레는 더 높은 가지 위로 올라갔으며, 왕침노린재에 대한 생각도 잊어버렸다.

고양이는 어젯밤에 나가서 아직 돌아오지 않았다. 고양이의 행적을 궁금해하는 동물은 밤송이를 물고 다니던 청설모뿐이었다. 청설모는 산초나무가 잘 내려다보이는 신갈나무 가지 위에서 시계추처럼 왔다 갔다 하면서 고양이를 찾고 있었다. 막상 고양이가 보이지 않자 걱정하는 눈빛까지 보였다. 청설모는 자신을 물어 죽이려고 했던 고양이가 자기만큼이나 나이 들었다는 사실을 알고 있었다. 그래서 청설모는 자기도 모르게 다리 저는 고양이를 동정하고 있었다.

매미 한 마리가 날아와서 열세 번째 애벌레 바로 위쪽 가지에 앉았다. 어제까지만 해도 줄기차게 음악을 연주해대던 놈이었다. 매미는 조금씩 옆으로 움직이면서 햇볕이 잘 드는 쪽에 자리를 잡았다. 까치가 산초나무 위로 낮게 날아가도 신경 쓰지 않았다. 근처에 새가 날아오면 오줌을 한 방 찍 갈기면서 달아나던 매미 특유의 모습은 찾아볼 수 없었다. 매미는 더 이상 음악을 연주하지도 않았고, 나무줄기에다 빨대를 박아서 수액을 빨아 먹지도 않았다. 무슨 생각을 하는지 그저 가만히 앉아 있다가 부르르 날개를 떨었다. 시간이 지날수록 몸은 오른쪽으로 자꾸만 기울어졌다. 나무줄기를 붙잡고 있던 오른쪽 다리들이 힘에 부치는 모양이었다. 매미는 다시 줄기를 붙잡았지만 이번에는 왼쪽 발도 힘을 잃어갔다. 그러다가 어느 한순간에 아래쪽으로 떨어지고 말았다. 고양이가 잠을 자고 가던 갈대숲 한가운데로 떨어졌다. 몸이 뒤집힌 매미는 딱정벌레처럼 다리를 허공에 휘젓고 있었다.

땅에 떨어진 매미는 편안함을 느꼈다. 지금까지 살아오면서 그렇게 편안한 마음으로 누워본 적이 없었다. 땅에 눕는다는 것이 이렇게 편안할 줄은 몰랐다. 우뚝우뚝 서 있는 나무들보다 땅이 편하다는 생각을 처음으로 했다. 그러면서 점점 의식이 멀어져가는 것을 느꼈다. 무엇인가 옆으로 와서 뒷다리 하나를 잡아당겼지만 느끼지 못했다. 매미는 팔랑팔랑 떨어지는 낙엽을 보면서 마지막 숨을 쉬었다.

매미를 처음 발견한 것은 까만 곰개미였다. 곰개미는 우선 매미가 살았는지 죽었는지 확인했다. 몸에는 온기가 남아 있었지만 움직이지 않았다. 금방 숨이 끊어졌음을 알 수 있었다. 곰개미는 매미의 뒷다리를 물어 당겼다. 매미는 끄떡도 하지 않았다. 곰개미는 어디론가 바삐 사라졌다가 나타났다. 이번에는 네 마리의 곰개미가 따라왔다. 곰개미들은 매미를 어떻게 운반할 것인지 서로 상의하고는, 각자 입으로 물어 당기기 좋은 위치로 갔다. 두 마리는 머리 쪽에서 더듬이랑 앞발을, 두 마리는 뒤로 가서 날개랑 뒷다리를, 나머지 한 마리는 옆으로 가서 잡아당겼다. 그렇게 한동안 한 마리의 매미를 두고 서로 자기 방향으로 잡아당기면서 힘겨루기를 하더니, 나머지 세 마리가 머리 쪽으로 갔다. 그때부터 매미는 순조롭게 끌려 오기 시작했다. 갈대숲에서 나와, 지난여름 폭풍에 부러져 떨어진 신갈나무 가지 밑을 지나갔다. 그 사이에서 개미들은 열 마리로 불어났다. 개미집은 그곳에서도 일 미터나 떨어져 있었다. 개미집이 가까워지자 점점 많은 개미들이 합세했다. 누운 채로 끌려가는 매미는 소인들에게 끌려가는 걸리버를 떠올리게 하였다.

막상 굴 입구까지 매미를 끌고 왔지만, 그때부터 일은 더욱 힘들어졌다. 수십 마리 개미들이 매미를 끌고서 굴로 들어가려고 했다. 개미굴은 워낙 입구가 작아서 매미의 머리가 들어가지 않았다. 그러자 일부 개미들은 굴 입구를 넓히는 공사를 시작했고, 다른 개미들은 매미의 몸에 올라가서 조각조각 분해하기 시작했다. 벌써 몇 몇 개미들은 다리를 잘라냈고, 날개도 떨어져 나갔다. 관악기처럼 생긴 매미의 가슴 속으로 굴을 파고 들어간 개미도 있었다. 굴 입구를 넓히는 공사도 상당히 진척되었다. 또 다른 개미들이 매미를 굴로 끌어당기기 시작했다. 매미는 개미굴 속으로 조금씩, 조금씩 빨려들더니, 짧은 가을 해가 저물어갈 즈음 완전히 사라져버렸다.

산초나무에 남아 있는 가중나무고치나방 애벌레들은 아주 건강했다. 열세 번째 애벌레가 가장 작았고, 첫 번째 애벌레가 가장 컸다. 나머지 두 마리의 애벌레도 잘 자라고 있었다.

시월 중순이 되자 산초나무 이파리도 누런 얼굴을 하고서 자신의 삶을 정리하기 시작했다. 그곳이 워낙 햇살이 좋은 양달이었기 때문에 아직까지 잎을 떨어내지 않고 있었다. 이제 애벌레들에게 남은 시간도 별로 없었다. 추위도 문제지만 산초나무가 이파리를 매달고 있는 시간이 얼마 남지 않았다.

근처에 있는 팥배나무에서 울긋불긋한 색 이파리들이 꽃눈처럼 쏟아져 내리던 날이었다. 바람이 불 때마다 우수수, 우수수 떨어졌다. 땅바닥은 금세 울긋불긋하게 물들었다. 계곡에 앉아서 쉬고 있던 사람들이 와서 팥배나무를 발로 툭툭 찼다. 그러자 더욱 많은 낙엽들이 떨어졌다.

아침부터 단식에 들어간 열세 번째 애벌레는 살포시 상체를 쳐들고 있었다. 이미 첫 번째 애벌레는 어제 허물을 벗고 새로운 옷으로 갈아입었다. 다른 두 마리 애벌레들도 아침부터 허물을 벗기 위해서 단식 중이었다. 오늘은 날씨가 좋았다. 한낮 기온이 제법 올라갔다. 따스한 빛이 열세 번째 애벌레에게 힘을 주었다. 해가 하늘 한복판에 떠오를 즈음, 지금까지 몸을 감싸고 있던 허물이 조금씩 떨어져 나가기 시작했다. 맨 먼저 머리 쪽 허물이 떨어서 나갔고, 그다음에는 등허리 쪽이 떨어져 나갔다. 조금씩 조금씩, 지금까지 비바람을 잘 막아주었던 허물이 벗겨져 나갔다. 하지만 아주 어린 애벌레였을 때와 마찬가지로 허물을 모두 벗어내는 데는 일정한 시간이 필요했다. 열세 번째 애벌레는 그날 밤 자정이 다 되어서야 허물을 모두 벗어낼 수 있었다.

다음 날 아침, 햇살 앞에 모습을 드러낸 열세 번째 애벌레는 몰라볼 정도로 몸이 커져 있었다. 허물을 벗어 던진 뒤에는 부쩍 몸이 커진다지만 이번에는 유독 커 보였다. 등에 돋아난 가짜 침들도 통통해져서 이제는 강한 뿔처럼 보였다. 특히 머리 쪽으로 갈수록 뿔 모양은 도드라지고 굵었다. 머리는 연한 녹색이고, 엉덩이 쪽에는 진한 노란색이 돋보였으며, 까만 반점들도 더욱 또렷하게 보였다. 그다음 날에는 몸에 노란색이 약간 덧칠된 것처럼 보였다.

첫 번째 애벌레는 더욱 통통했으며 햇살을 받자 노랗게 보였다. 물론 몸은 아직도 연한 초록색이었지만 어딘지 모르게 초록색보다 노란색이 더 많이 섞인 듯한 느낌을 주었다. 다른 애벌레들도 마찬가지였다. 이제 산초나무에는 싱싱한 잎을 찾아볼 수 없었다. 애벌

레들은 나무늘보처럼 움직이면서 산초나무 잎을 뜯어 먹었다. 산초나무 줄기마다 애벌레들이 뜯어 먹고 남은 잎자루가 생선 뼈처럼 보였다. 애벌레들은 산초나무 잎이 남아 있는 쪽으로 모여들었다. 워낙 애벌레들이 컸기 때문에 조금만 유심히 처다보면 금방 찾을 수 있었다.

계곡물은 틈만 나면 자기들끼리 장난을 치면서 나무 뿌리와 바위 사이로 흐르고 있었다. 계곡물 옆에서 다섯 사람이 앉아서 커피를 마시고 있었다. 그중에 한 여자가 몸을 일으키더니 산초나무 쪽으로 올라왔다. 까만색 옷을 입은 그 여자는 계속 입안에서 무엇인가를 우물거리면서 여기저기 두리번거리다가 고양이의 보금자리인 갈대숲 뒤에 쪼그려 앉았다. 여자는 바지를 내리고 끙끙 힘을 쓰기 시작했다. 그러다가 무심코 산초나무를 올려다보더니, 소스라치게 놀라며 비명을 질렀다. 여자가 쪼그려 앉아 있는 곳으로 축 늘어진 산초나무 줄기에는 통통한 가중나무고치나방 애벌레 한 마리가 붙어 있었다. 여자는 그 애벌레를 보고는 연달아 비명을 질러댔다. 아래쪽에서 무슨 일이냐고 다른 여자가 소리치자, 그 여자는 엉거주춤 일어나 휴지로 밑을 닦았다. 아래쪽에서 빨간 옷차림의 남자가 올라왔다. 여자는 주춤주춤 물러나다가 남자가 올라오자 손가락질하면서 뭐라고 소리치듯이 말했다. 여자는 애벌레가 너무 혐오스러웠고, 생각만 해도 부들부들 떨렸다. 만지지 않아도 그 물컹물컹한 감촉이 느껴지는 듯했다.

　남자는 애벌레를 유심히 쳐다보았다. 여덟 번째 가중나무고치나방 애벌레였다. 애벌레가 생각보다 크자 남자도 약간 뒤로 물러나더니 근처에 떨어진 막대기 하나를 집어 들었다. 여자가 어서 가자고 소리쳤지만 남자는 막대기를 들고 가서 산초나무를 힘껏 내리쳤다. 그 충격으로 여덟 번째 애벌레는 산초나무 아래로 떨어졌다. 남자는 다시 산초나무 밑을 두리번거리더니, 갈대숲 옆에 떨어진 애벌레를 찾아냈다. 남자는 다시 막대기를 여덟 번째 애벌레 밑으로 들이민 다음 힘껏 들어 올렸다. 애벌레는 산초나무 오른쪽으로 멀리멀리 날아가 버렸다.

　여덟 번째 애벌레는 폭신폭신한 낙엽 위로 떨어져서 몸에 상처가 나지는 않았지만 큰 충격을 받았다. 한 시간 정도 기절했다가 깨어났다. 애벌레는 산초나무를 찾았다. 그렇지만 산초나무의 냄새조차 맡을 수 없었다. 이제 산초나무는 거의 잎을 떨어버렸기 때문에 그 향기도 약해져 있었다. 애벌레는 산초나무에서 풍기는 냄새를 찾으려고 애를 썼다. 바람조차 도와주질 않았다. 바람은 늘 산초나무 반대편에서 불어왔고, 애벌레는 자꾸만 산초나무로부터 멀어졌다. 애벌레는 낙엽 위로 기어갔다. 사납기로 소문난 붉은가시개미와 곰개미를 만났지만 아무런 공격도 받지 않았다. 여덟 번째 애벌레의 몸이 아주 컸기 때문에 개미들도 감히 공격할 엄두를 내지 못한 까닭도 있고, 개미들 입장에서 보면 굳이 무리해서 살아 있는 애벌레를 공격할 필요가 없었다. 숲 속 땅바닥에는 수명이 다해서 죽은 곤충들이 아주 많았기 때문이다. 하지만 산초나무에 오르지 않는 한 여덟 번째 애벌레는 마음의 안정을 찾을 수가 없었다. 허기지고 몸도 지쳐갔다.

여덟 번째 애벌레 앞에 키 작은 신갈나무 한 그루가 서 있었다. 다른 신갈나무들은 잎이 누르스름하게 변해갔지만, 그 나무는 아직껏 초록색 잎을 매달고 있었다. 여덟 번째 애벌레는 그 신갈나무로 기어 올라갔다. 비록 산초나무는 아니었지만 일단 나무에 올라가자 마음이 다소나마 편안해졌다. 여덟 번째 애벌레는 신갈나무 잎을 갉아 먹었다. 처음에는 너무 배가 고파서 아무런 느낌도 없이 먹었다. 하지만 여덟 번째 애벌레는 잠시 뒤에 자기도 모르게 토해내고 말았다. 배 속에서 신갈나무 잎을 소화시키지 못했다.

서쪽 하늘이 붉게 취하면서 구름들이 어디론가 몰려갔다. 이내 어둠이 내리기 시작했다. 여덟 번째 애벌레는 태어나서 처음으로 산초나무가 아닌 다른 나무에서 밤을 보내야 했다. 그렇다고 나무를 내려갈 수도 없었고, 무작정 여기에 머물러 있을 수도 없었다. 산초나무를 찾을 수만 있다면 그 방법을 택했겠지만, 지금 산초나무를 찾는다는 것은 불가능했다. 그렇다고 여기에서 죽음을 맞이할 수도 없었다. 여덟 번째 애벌레는 앞으로 며칠만 있으면 기나긴 애벌레의 삶을 갈무리하고, 번데기가 되기 위해서 고치를 짓기 시작할 것이다. 고민 끝에 여덟 번째 애벌레는 고치 짓는 일을 앞당겨서 하기로 했다. 지금으로서는 그 방법밖에 없었다.

여덟 번째 애벌레는 고치를 짓기 시작했다. 우선 작고 길쭉한 신갈나무 잎을 골랐다. 여덟 번째 애벌레는 쉬지 않고 일을 해나갔다. 신갈나무 이파리를 약간 둥글게 말아가면서 실을 뽑았다. 절반 정도는 이미 신갈나무 이파리가 말려 있기 때문에 나머지 부분만 실을 뽑아서 고치를 만들면 된다. 여덟 번째 애벌레는 아직 완전하게 준비되지는 않았지만, 그래도 조금씩 실을 뽑아나가기 시작했다. 아침이 되었을 때는 어느 정도 고치 모양을 갖추었다.

오전 아홉 시쯤부터 가을비가 내리기 시작했다. 아주 가느다란 비였다. 여덟 번째 애벌레의 고치는 거의 완성이 되어갔다. 별문제가 없어 보였지만 고치 속에서 일을 하는 애벌레는 뭔가 심상치 않음을 느꼈다. 입에서 뽑아내는 실은 탄력이 없었고, 고치 안으로 비가 새어 들고 있었다. 이 정도 비는 거뜬히 이겨내야만 한다. 만약 제대로 된 실이라면 이런 일은 없을 것이다. 애벌레는 새어 드는 곳을 막아보려고 했지만 점점 힘이 떨어지고 있었다.

비는 아주 적은 양을 뿌리다가 오후에 그쳤지만 여덟 번째 애벌레의 고치 안은 흥건히 젖어버렸다. 여덟 번째 애벌레도 더 이상 움직이지 않았다. 나흘만 더 지났다면 아주 훌륭하게 고치를 지을 수가 있었건만 사람들 때문에 그 꿈을 이루지 못했다.

이제 모든 것들을 정리하는 계절이었다. 숲에서 살아가

는 생명체들은 그것을 잘 알고 있었다. 며칠 전에 이사를 온 실베짱이는 산초나무 가장 높은 곳에 앉아서 햇볕을 쬐었다. 실베짱이의 긴 더듬이 한쪽은 몽땅 잘려 나갔고, 여름내 자신의 늘씬한 다리를 이용해서 현악기를 연주해댄 날개는 닳고 닳아 성한 곳이 없었다. 실베쌍이는 아주 먼 여행을 하고 돌아온 몰골이었다. 그래도 실베짱이는 아주 편안해 보였다. 실베짱이는 바람이 불어도 날아가지 않았고, 비가 와도 피하지 않았다. 그곳에서 삶을 마무리하려는 의지가 강하게 엿보였다.

실베짱이 옆으로 사마귀가 날아왔다. 아주 무시무시하게 생긴 암컷이었다. 실베짱이는 놀라는 기색이 전혀 없었다. 어디 잡아먹을 테면 잡아먹어 보라는 식이었다. 사마귀는 실베짱이를 한 번 보더니 갈고리발을 들어 올렸다. 사냥을 하려는 예비 동작이 아니라 발을 청소하려는 몸짓이었다. 지난 여름내 수많은 곤충들의 목을 물어뜯었던 입으로 자신의 갈고리발을 소중하게 닦아내고 있었다. 그런 다음 암사마귀는 실베짱이가 있는 곳으로 더 가까이 갔다. 베일을 걸친 듯한 연초록색 날개, 하늘을 올려다보고 있는 머리, 자기 가슴을 꼭 끌어안듯이 두 팔을 붙이고 있는 모습이 뭔가 간절히 기도하고 있는 듯했다. 알을 낳기 전에 그런 모습을 보았다면 다른 곤충들을 혼란에 빠뜨리기 위한 위장술이라고 생각할 수도 있겠지만 지금은 전혀 그렇지 않았다. 사마귀 얼굴에서는 전에 찾아볼 수 없던 엄숙한 표정이 드러나고 있었다. 바람이 약간만 불어도 사마귀는 긴장하면서 나뭇가지를 붙잡았다. 어쩐지 상대를 압도하던 당당한 모습이 아니었다.

　사마귀는 실베짱이 옆에 나란히 앉아서 햇볕을 쬐었다. 둘 다 서로의 눈치를 살피지 않았다. 한쪽은 포식자요, 한쪽은 겁이 많은 약자라는 사실이 믿어지지 않았다. 지금 둘에게는, 누군가를 잡아먹고 혹은 잡아먹히는 것이 아무런 의미가 없었다. 암컷 사마귀도 알을 낳은 뒤였고, 수컷 실베짱이도 몇 번 짝짓기를 마친 상태였다. 이제 둘은 조용히 죽음을 맞이하고 있었다. 그렇게 죽음으로 가는 과정에서는 더 이상 누군가를 잡아먹을 필요도 없었고, 더 이상 누군가를 두려워할 필요도 없었다. 이렇게 죽음을 앞에 두고서야 그들은 서로 평등해졌다. 살아온 삶이야 다르지만 이제는 둘 다 같은 마음이었다. 실베짱이는 자신이 이렇게 편안한 마음으로 사마귀 옆에 있게 될 줄 몰랐다. 꼭 친구 같았다. 그 무시무시한 천적이 이렇게 친근하게 느껴질 줄은 정말 몰랐다. 사마귀 역시 실베짱이를 사냥감이 아니라 자기 자신처럼 하나의 생명체로 느끼기는 처음이었다. 또 다른 자신의 몸 같았다. 무슨 말이라도 걸어보고 싶을 정도였다.

　밤이 되자 사마귀는 실베짱이에게 몸을 기대고 싶었다. 밤만 되면 쌀쌀해지는 바람이 숲 속 곳곳을 돌아다니면서 마른 낙엽을 휩쓸고 다녔다. 산초나무가 흔들리자 사마귀는 어지러움을 느꼈다. 아무래도 오늘 밤을 넘기기 힘들 것 같았다. 사마귀는 실베짱이 바로 옆으로 걸어가려고 했다. 안타깝게도 사마귀의 몸은 옆으로 기울어지면서 자꾸만 미끄러졌다. 실베짱이가 돌아섰을 때, 사마귀는 나무 아래로 추락하고 있었다. 몸이 건강했을 때는 날개를 펼치기만 하면 가볍게 내려앉을 수 있는 높이였다. 하지만 지금은 죽음의 벼랑이었다. 사마귀는 산초나무 줄기에 몸을 두 번이나 부딪히면서 땅으로 떨어졌다.

아침이 되었을 때는 까만 개미들이 사마귀의 시체를 어디론가 끌고 가고 있었다. 무서운 포식자로 한 시절을 호령하던 사마귀의 삶도 막을 내렸다. 그렇게 봄부터 살아온 것들이 하나둘씩 자신의 삶을 갈무리하고서 땅으로 돌아가고 있었다.

아침 일찍 날아온 박새 한 마리는 산초나무와 근처에 있는 오리나무, 팥배나무, 신갈나무, 굴참나무를 부지런히 뒤졌지만 배를 채우지 못했다. 날씨가 추워질수록 새들은 에너지 소비가 많았고, 많은 먹이를 배 속에다 쟁여놔야만 살아남을 수 있었다.

이제 새들의 먹이는 나무에서는 거의 찾을 수가 없었다. 할 수 없이 박새는 낙엽으로 덮인 땅으로 내려앉은 뒤, 무작정 낙엽을 헤집고, 땅을 발로 헤쳤다. 땅에는 오래전에 떨어져서 썩은 신갈나무 잎, 오리나무 잎, 소나무 잎 들이 서로 포개져 있었고, 그 위에 잔가지, 솔방울, 오리나무 열매, 도토리 깍지, 나무껍질 들이 뒹굴고 있었으며, 그 밑에는 굼벵이와 노래기, 지네, 톡토기 같은 생명체들이 꿈지락거렸다. 박새는 그중에서 자신이 좋아하는 먹이를 골라 톡톡 쪼아 먹었다. 땅속에는 박새가 충분히 겨울을 나고도 남을 만큼 많은 생명의 씨앗이 숨겨져 있었다. 이제 새들은 나무에서 내려와 보물찾기를 하듯이 낙엽을 헤집으면서 살아갈 것이다.

애벌레를 찾아온 작은 손님

　가중나무고치나방 애벌레들의 몸은 더욱 노란색을 띠었다. 등에 솟아 있는 뾰족한 돌기는 무소의 뿔만큼이나 힘이 있어 보였다. 열세 번째 애벌레는 얼마 남지 않은 산초나무 이파리를 갉아 먹으며 아침 햇볕을 충분히 쪼이고 있었다.

　첫 번째 애벌레는 어제부터 아무것도 먹지 않았다. 바람이 불 때마다 첫 번째 애벌레는 예민하게 냄새를 맡았다. 숲에서 부는 바람 속에는 시간이 들어 있고, 맛과 색깔도 들어 있었다. 바람의 세기에 따라, 낮이나 밤에 부는 바람에 따라 애벌레는 시간과 앞으로의 날씨 변화를 예측할 수 있었다. 태양은 직접적으로 눈에 보이는 시간을 알려주지만, 멀리까지 볼 안목을 전해주지는 못했다. 그러나 바람은 며칠 뒤의 날씨까지도 알려주었다. 첫 번째 애벌레는 바람 속에 든 시간을 헤아리고는 서둘러서 움직이기 시작했다. 바람이 오늘부터 내일까지는 날씨가 좋다고 알려왔다. 첫 번째 애벌레는 산초나무 가지 여기저기를 돌아다니기 시작했다. 줄기 맨 위로 올라갔다가 점심 무렵에는 맨 아래쪽으로 내려와 있었다. 저녁 무렵에는 거의 땅으로 내려오다시피 하여 예전에 태풍에 부러져 떨어진 신갈나무 가지 쪽으로 넘어갔다. 그곳에서 한동안 작은 가지를 타고 돌아다녔다. 구부러진 신갈나무 잎으로 가서 자기 몸과 나뭇잎 길이를 재어보기도 했다. 첫 번째 애벌레는 여섯 시쯤이 되어서야 신갈나무의 작은 줄기에 자리를 잡았다. 첫 번째 애벌레 앞에는 비록 누렇게 말랐지만 쭈글쭈글 비틀어지지 않은 나뭇잎이 하나 매달려 있었다. 첫 번째 애벌레는 그 나뭇잎을 소중하게 바라보고 있었다.

달이 떠올랐다. 맑은 가을 하늘에 떠오른 달은 더욱 크고 맑았다. 첫 번째 애벌레는 달을 보면서 세 시간이 넘도록 꼼짝하지 않았다. 아무 탈 없이 자신을 키워준 대자연에게 감사의 기도를 올리고 있었다. 밤 열 시쯤이 되어서 자기 앞에 있는 신갈나무 잎으로 기어갔다. 첫 번째 애벌레는 입에서 실을 뽑아 신갈나무 잎자루가 연결된 나무줄기에다 붙였다. 실은 잘 보이지 않았지만 아주 탄력이 있었다. 애벌레가 뽑아내는 실은 모시처럼 식물성이 아니라 동물성 단백질로 만들어졌다. 그러므로 가느다란 실은 애벌레의 살이나 마찬가지였다. 애벌레는 엄청난 단백질을 소비하여 실을 만든 다음, 그 누구한테도 배운 적이 없는 집 짓는 일을 시작했다. 실을 한 올 한 올 뽑아서 나뭇가지에 붙들어 맬 때 애벌레의 입은 숙련된 목수의 손처럼 쓰였다. 첫 번째 애벌레는 이백 번 정도 고개를 왔다 갔다 하며 실을 뽑았다. 한 번씩 고개를 왔다 갔다 할 때마다 실은 보태지고 보태져서 두꺼워졌다. 어느 정도 두꺼워진 실은 고치가 나뭇가지에 대롱대롱 매달리게 될 생명줄이었다. 첫 번째 애벌레는 무척이나 꼼꼼하게 실을 엮어나갔다. 단순해 보였지만 조금이라도 허술하게 일을 했다가는 나중에 자신의 목숨이 위태로울 수도 있는 중요한 공사였다.

이제 본격적으로 고치를 짓기 시작했다. 우선 실을 팽팽하게 잡아당겨서 나뭇잎 반대편 가장자리에다 묶었다. 나뭇잎이 살짝 안쪽으로 접혀지면서 삼태기 모양이 되었다. 가중나무고치나방 애벌레들은 다른 누에나방들하고 달리 주위에 있는 적당한 크기의 나뭇잎을 이용해서 고치를 짓는다. 산초나무 잎을 이용하기도 하지만, 산초나무 잎이 상대적으로 작아서 다른 나무를 이용하는 경우가 더 많다. 나뭇잎을 이용한다는 것은 그들이 상당히 진보했다는 뜻이다. 아무것도 없는 상태에서 실을 뽑아 기초가 되는 뼈대를 만들고 고치를 만드는 것보다 나뭇잎을 반으로 접어서 그 안에다 고치를 짓는 것이 훨씬 수월하기 때문이다. 우선 실을 낭비하지 않아도 된다. 한쪽 면이 나뭇잎으로 가려져 있기 때문에 그쪽은 그만큼

실을 적게 들여도 된다. 그리고 고치를 짓는 공사 기간을 크게 단축할 수 있다. 산누에나방하고 비교하면 거의 하루 정도 차이가 난다. 완성된 뒤에도 고치가 나뭇잎으로 덮여 있기 때문에 천적들에게 드러나지 않는다. 그만큼 고치가 안전하다는 뜻이다.

첫 번째 애벌레의 머릿속에는 정밀하게 그려진 고치의 설계도가 들어 있었다. 첫 번째 애벌레는 그의 조상들이 본능으로 물려준 훌륭한 장인 기질을 발휘하여 한 치의 오차도 없이 고치를 지어나갔다. 애벌레의 입안에는 잘 돌아가는 물레가 설치되어 있는 것 같았다. 애벌레는 그 수많은 실의 위치를 하나하나 기억하고 있어서, 인간들처럼 손도 없었지만, 위와 아래와 옆을 정확하게 배분하면서 고치를 엮어나갔다. 고치의 어느 한쪽이라도 먼저 진행되는 법이 없었다. 모든 부분은 아주 일정하게 작업이 진행되었다. 새벽이 왔지만 애벌레는 쉬지 않았다. 첫 번째 애벌레는 이미 자신이 설계해 놓은 대로 고치의 미학적인 측면을 꾸며나갔다. 고치는 표주박 모양이었다. 고치의 위쪽 둘레는 약간 작았고, 가운데로 가면서 불룩하게 커졌다. 실과 실 사이는 거의 틈이 없을 정도로 잘 메워지고 있었다. 그저 재주라고는 꿈틀거리는 것밖에 없었던 애벌레는 아무도 흉내 낼 수 없는 예술 작품을 완성해갔다.

고치 속은 안전하기는 했지만 너무 좁아서 일을 하기가 불편했다. 고치는 애벌레보다 작게 설계되고 있었다. 좀 더 편안하게 일을 하려면 고치 안을 넓게 설계했어야 한다. 그걸 알면서도 첫 번째 애벌레는 자신의 몸보다 작게 고치를 설계했다. 비록 지금 일을 할 때는 힘들겠지만 최대한 실의 낭비를 줄이고 공사를 빨리 끝내기 위해서는 어쩔 수 없었다. 자신의 몸이 조금 불편한 것쯤이야 얼마든지 참을 수 있었다. 게다가 애벌레에서 번데기로 변하면 몸은 지금보다 훨씬 작아진다. 그러니까 지금의 몸에 맞게 고치를 설계하지 않아도 된다.

아무리 그렇다고 해도 고치 안은 너무 좁았다. 첫 번째 애벌레는 그 속에서 몸을 자유롭게 움직일 수도 없었다. 애벌레는 한번 뽑아낸 실을 계속 이어가면서 작업을 했기 때문에, 작업은 물이 흐르듯이 연속성을 띠고 있었다. 첫 번째 애벌레는 실을 뽑아서 맨 위쪽 벽에다 붙이면서, 맨 아래쪽으로 실을 끌고 갔으며 다시 반대편 벽을 지나 맨 위쪽으로 올라갔다. 그러다 보니 애벌레의 몸은 똑바로 섰다가 옆으로 비틀어지기도 했고, 물구나무를 서듯이 머리가 거꾸로 향하기도 했다. 몸과 고치 사이에는 빈 공간이 거의 남아 있지 않았다. 그래도 몸을 자유롭게 돌릴 수 있었던 것은 애벌레의 부드러운 몸 때문이었다. 애벌레는 뼈가 없어서 몸을 자유자재로 구부릴 수가 있었고, 주름진 마디와 마디 사이를 최대한 밀착해서 몸을 수축시킬 수가 있었다. 가끔씩 애벌레의 몸이 절반 이하로 줄어들기도 했고 활처럼 휘어지기도 하였다.

얼핏 보기에는 고치 속은 공기가 통하지 않을 것 같았지만 애벌레는 아무런 걱정도 하지 않았다. 고치는 아주 과학적인 방법으로 설계되었기 때문이다. 고치 아래쪽에서는 아주 작은 공기구멍이 있는데, 공기는 들어올 수 있지만 물기는 들어올 수 없었다. 그곳으로 들어오는 공기는 고치 안에 있는 애벌레가 숨 쉬기에 충분했다. 애벌레는 맨 마지막으로 표주박 주둥이처럼 생긴 곳을 실로 막았다. 그곳은 내년 봄에 나방이 세상 밖으로 나갈 수 있는 출구였다. 다른 곳과는 달리 자신의 침을 바르면 실이 스스로 녹아내릴 수 있도록 아주 특수한 실을 사용했다. 그렇다고 공사가 끝난 게 아니었다.

고치는 애벌레가 뽑은 실로 엮여 있기 때문에 습기에 약했다. 비를 많이 맞으면 물기가 스며들 수도 있다. 그걸 방지하기 위해서 애벌레는 마지막으로 미장 공사를 하기 시작했다. 고치 안에는 아무런 빛도 없었다. 어둠 속에서 이 노련한 건축가는 자기 입에서 토해 낸 특수한 미장 재료를 고치 안쪽 벽에다 골고루 발랐다. 그 어떤 연장도 필요하지 않았다. 오직 입으로, 몸을 위아래로 돌려가면서 작업을 하였다. 어디를 둘러보아도 부실 공사를 한 흔적은 없었다. 기름기가 섞인 그 특수한 재료는 고치 안을 기름종이처럼 반질반질하게 변화시켰다. 그제야 애벌레는 집이 완성되었다고 생각했다. 평생 혼자 살아온 첫 번째 애벌레는 고치 속에서 집이 완성되었다는 기쁨도 혼자 즐겨야 했다.

첫 번째 애벌레가 만드는 고치가 거의 완성되어갈 즈음, 네 번째 가중나무고치나방 애벌레도 고치 지을 장소를 찾아 나섰다. 네 번째 애벌레는 첫 번째 애벌레보다 몸이 작았지만 뾰족뾰족한 돌기는 오히려 더 튼튼해 보였다. 네 번째 애벌레도 산초나무에서는 고치를 짓기 힘들다고 판단했다. 이미 산초나무 가지에는 이파리가 반 이상 떨어지고 없었다. 네 번째 애벌레도 첫 번째 애벌레가 간 길을 그대로 따라가고 있었다. 산초나무 맨 아래쪽을 지나 신갈나무 줄기 쪽으로 기어갔다. 태풍에 부러져서 땅으로 떨어진 신갈나무 가지는 산초나무 줄기를 세 개나 부러뜨렸지만, 결국 가중나무 고치나방 애벌레들에게는 아주 고마운 존재로 변해 있었다. 네 번째 애벌레는 첫 번째 애벌레의 고치 옆을 지나서 작은 가지를 타고 내려갔다. 네 번째 애벌레는 신갈나무 잎이 적당히 가려주는 작은 가지 끝에서 고치 지을 때 가장 중요한 재료인 나뭇잎을 물색하기 시작했다.

이제 산초나무에는 열세 번째 애벌레만이 남았다. 열세 번째 애벌레도 내일이면 고치 지을 곳을 찾아서 갈 것이다. 주위에 있는 나무들은 바람이 불 때마다 이파리를 떨어뜨리며 가을의 시간을 알려주었다. 열세 번째 애벌레는 얼마 남아 있지 않는 산초나무 이파리를 찾아서 더욱 정성껏 먹었다. 단지 배가 고파서 먹는 게 아니라 무엇인가 큰일을 앞두고서 힘을 비축하기 위해서였다. 열세 번째 애벌레는 줄기 끝에서 햇볕을 쬐었다. 햇살은 열세 번째 애벌레의 모습을 땅바닥에다 건강한 그림자로 새겨주었다. 잎이 거의 떨어진 산초나무 위에 당당하게 서 있는 아름다운 모습이었다. 등에 새겨진 뾰족뾰족한 돌기는 산초나무 가시보다 더 또렷하게 보였다. 햇살이 옆에서 비추자 열세 번째 애벌레의 몸에서는 연한 노란색 빛이 감돌기 시작했다. 이제 열세 번째 애벌레도 삶을 정리할 때가 되었음을 스스로 알고 있었다.

그즈음 신갈나무 숲이 우거진 계곡 반대편에서 아주 작은 벌 한 마리가 날아다니고 있었다. 벌이라고 하기에는 워낙 작아서 눈으로 확인할 수는 없었다. 쌀알의 반 조각보다 더 작았으니 눈에 띌 리가 없다. 그 작은 생명체는 가끔씩 나뭇가지를 부러뜨릴 정도로 험악하게 불어대는 바람도 피하지 않았다. 잠시도 쉬지 않고 아이들이 보물찾기를 하듯이 숲 곳곳을 뒤지고 다녔다. 신갈나무 줄기에도 앉아보았지만 곧장 날아갔다. 벌은 계곡에서 가을 맛이 깊게 밴 찬물을 조금 마셨다. 나뭇잎이 떨어진 가지 사이로 내려오는 햇살이 물에 닿자, 계곡물은 물비늘을 반짝이면서 커다란 한 마리의 물고기처럼 꿈틀거렸다. 벌은 계곡 건너편에 불어오는 바람 속에 산초나무 냄새가 섞여 있음을 알았다. 벌은 곧장 계곡을 건너 산초나무 쪽으로 방향을 틀었다. 무슨 이유인지는 모르겠지만 산초나무를 애타게 찾고 있었다. 모든 나무들은 자기들만의 독특한 향기를 가지고 있는데, 이 벌은 산초나무의 독특한 냄새를 맡을 줄 알았다.

산초나무로 다가간 벌은 주위를 빙글빙글 돌았다. 워낙 벌이 작았기 때문에 열세 번째 애벌레는 그의 존재를 알아채지 못했다. 오직 바람만이 아주 작은 벌이 산초나무 주위를 맴돌고 있다는 사실을 알았을 뿐이다. 벌은 산초나무 가지 이곳저곳을 낮게 비행하면서 돌아다녔다. 그러다가 갑자기 고도를 낮추더니 산초나무 밑으로 내려갔다. 벌은 워낙 작았기 때문에 마른 갈대숲 사이로 아무런 방해를 받지 않고 날아다닐 수 있었다. 그곳에서 벌은 무엇인가를 찾고 있었다. 그가 찾고자 하는 것이 산초나무가 아니라 또 다른 무엇이 있는 모양이었다. 한동안 갈대숲 사이사이를 날아다니던 벌이 애벌레의 똥 옆으로 내려앉았다. 쥐똥나무 열매만큼이나 큰 애벌레들의 똥은 갈대숲 사이를 비집고 들어가면 어렵지 않게 볼 수 있었다. 수류탄 모양으로 정교하게 조각된 아주 세련된 예술 작품이었다. 벌은 그 똥 냄새를 맡자마자 다시 산초나무 위로 고도를 높였다. 그렇다면 그가 찾는 것은 똥도 아니라는 뜻이었다. 작은 벌은 나무 밑에 있는 가지부터 수색을 하기 시작했다. 해가 넘어가려고 하자 벌은 더욱 빠르게 날아다녔다.

그때까지 열세 번째 애벌레는 산초나무에서 가장 높은 곳 가지에 있었다. 그러다가 해가 지려 할 때 아래쪽으로 움직이기 시작했다. 만약 그 높은 곳에 그대로 있었다면 밀려오는 어둠 때문에 벌을 만나지 않았을 것이다. 그러니까 열세 번째 애벌레가 벌을 찾아갔다는 표현이 더 맞을지도 모른다. 열세 번째 애벌레는 벌이 거의 지쳐서 돌아가려고 할 즈음 모습을 드러냈다. 산초나무 가운데쯤에 있는 줄기였다. 물론 열세 번째 애벌레는 벌을 볼 수 없었다. 벌은 냄새도 없었고, 위협적으로 날개를 떨지도 않았다. 열세 번째 애벌레의 몸에 비해서 천 분의 일 정도로 작았다. 그러니 벌이 열세 번째 애벌레에게 위협적인 존재일 리도 없었다.

오직 작은 벌의 눈에만 열세 번째 애벌레의 모습이 보였고, 그 순간 벌은 다시 기운을 차렸다. 벌도 추운 날씨 때문에 체력이 거의 바닥나고 있었다. 벌은 곧장 열세 번째 애벌레 쪽으로 날아갔다. 무슨 짓을 하려는 것인지 알 수 없지만 무모하리만큼 대담했다. 그때까지도 열세 번째 애벌레는 벌의 존재를 알아채지 못했다. 벌은 열세 번째 애벌레의 엉덩이 쪽으로 날아가서 살포시 내려앉으려고 했다. 그러자 뭔가 이상한 느낌이 들었는지 열세 번째 애벌레가 몸을 가볍게 꿈틀거렸다. 열세 번째 애벌레는 누군가 자신의 주위를 맴돌고 있다는 느낌을 받고는 뒷다리로 중심을 잡고 상체를 세우며 주위를 두리번거렸다. 아무것도 없었다. 해가 지고 있었고, 땅거미가 밀려오고 있었다. 열세 번째 애벌레는 바람 소리이려니 생각했다.

어둠이 밀려오자 작은 벌은 더욱 초조했다. 그 작은 몸으로 거대한 열세 번째 애벌레를 어찌할 수도 없었다. 벌은 다시 주위를 맴돌다가 열세 번째 애벌레가 상체를 내리고 가만히 있자 조금 전보다 더 빠르게 엉덩이 쪽으로 내려앉았다. 이번에는 애벌레가 꿈틀대지 않았다. 벌은 그곳에 몇 초가량 앉아 있다가 어디론가 날아가 버렸다. 참 싱거운 녀석이었다. 그토록 애벌레를 애타게 찾아다니더니 잠깐 애벌레의 등에 앉았다가 날아가 버렸다. 벌이 앉았던 열세 번째 애벌레의 등에는 아무런 상처도 없었다. 열세 번째 애벌레 역시 아무런 느낌을 받지 못했다. 어렴풋이 무엇인가 등에 붙은 느낌을 받았지만 별로 신경 쓰지 않았다. 게다가 날이 어두워지면서 체온이 떨어지기 시작했고, 그래서 제대로 느낄 수가 없었다.

다음 날 아침이 되자, 네 번째 애벌레도 고치 속으로 들어가 있었다. 물론 공사가 많이 늦어져서 아직은 고치가 제 모양이 아니었다. 첫 번째 애벌레가 지은 고치보다 훨씬 작았다. 그러나 네 번째 애벌레는 만족하고서 열심히 일을 했다. 통통한 몸을 위아래로 돌려가면서 실을 뽑아냈다.

열세 번째 애벌레도 더 이상 산초나무 잎을 먹지 않았다. 나뭇가지 이곳저곳을 돌아다니면서 고치 짓기에 적당한 장소를 찾아다녔다. 열세 번째 애벌레 역시 이 산초나무에서는 고치를 지을 만한 장소가 없다고 결론 내렸다. 좀 더 바람의 영향을 받지 않고, 고치가 안전한 곳을 찾아야 했다. 열세 번째 애벌레도 산초나무 아래쪽으로 기어 내려가기 시작했다. 열세 번째 애벌레는 갈대숲으로 내려갔다. 갈대들이 무리 지어서 숲을 이루고 있었기 때문에 고치를 짓기에는 좋은 곳이었지만, 공사를 시작할 때 뼈대가 될 만한 나뭇잎을 구할 수가 없었다. 그렇다고 갈댓잎으로 뼈대를 삼을 수는 없었다. 할 수 없이 열세 번째 애벌레는 다시 산초나무 위로 기어 올라가서 두리번거렸다. 그러다가 산초나무 옆에 쓰러져 있는 신갈나무 가지를 보았다. 열세 번째 애벌레는 망설임 없이 형제들이 지나간 그 가지를 타고 기어갔다. 하지만 형제 애벌레들이 지은 고치가 있는 곳하고는 정반대 쪽으로 갔다.

첫 번째 애벌레가 지은 고치는 크고 아름다웠다. 근사하게 생긴 갈색 표주박 하나가 매달려 있는 듯했다. 네 번째 애벌레가 지은 고치는 미적인 아름다움보다는 튼튼함을 강조해서 지어졌다. 표주박 모양도 아니었다. 그냥 단순하게 길쭉했다.

열세 번째 애벌레는 굵은 가지에 매달린 작은 잔가지로 이동했다. 그곳에서 아주 마음에 드는 잎을 발견했다. 열세 번째 애벌레는 그곳에서 고치 지을 준비를 했다. 마음속에 있는 설계도를 다시 한 번 생각하고 휴식에 들어갔다. 해가 지면 작업을 시작할 생각이었다. 해는 어제보다 서둘러서 산꼭대기 쪽으로 움직였다.

그런데 갑자기 열세 번째 애벌레는 고개를 옆으로 숙이더니, 무엇 때문인지는 모르겠지만 서둘러 자신이 걸어온 길을 되돌아가기 시작했다. 이곳으로 올 때하고는 달리 제법 빠른 걸음이었다. 뚱뚱한 몸이라 주름과 주름 사이를 최대한 오므렸다가 펴면서 급하게 걸었다. 열세 번째 애벌레는 무척 당황하고 있었다. 무엇인가 아주 소중한 것을 자신이 살았던 산초나무 가지에다 두고 오기라도 한 것처럼 산초나무의 푸른 이파리가 몇 개 남아 있는 곳으로 쉬지 않고 움직였다. 어둠이 밀려오고 있었다. 열세 번째 애벌레는 산초나무 이파리를 게걸스럽게 먹어치우기 시작했다. 그러면서 자신이 고치 지을 때를 정확하게 판단하지 못했다는 듯이 머리를 옆으로 두어 차례 천천히 흔들고는 다른 때보다 훨씬 많은 산초나무 잎을 먹었다. 그렇게 배를 채우고 나서야 산초나무 줄기 중간쯤으로 내려왔다.

애벌레를 위하여

참 이상한 일이었다. 다음 날도 열세 번째 애벌레는 산초나무 가지를 돌아다니며 열심히 잎을 갉아 먹었다. 몸은 통통하고 연하게 노란빛이 우러나면서 나이 든 티가 또렷했지만 도무지 고치를 지으려고 하지 않았다. 다른 가중나무고치나방 애벌레들은 이제 고치 내부의 미장 공사까지 갈무리하고 조용히 기도하면서 번데기로 변해가고 있었다. 지금쯤이면 열세 번째 애벌레도 고치 속으로 들어가 있어야 한다.

가중나무고치나방 애벌레들은 살아가는 여건에 따라 6령까지 살다가 고치를 짓는 경우도 있지만 보통은 5령 정도의 나이에서 고치를 짓는다. 물론 6령까지 산 애벌레는 몸이 훨씬 크고 튼튼하다. 그런 애벌레들은 나중에 나방이 되어서도 다른 나방들보다 커서 건강한 후손들을 낳을 수가 있다. 하지만 지금 열세 번째 애벌레를 둘러싸고 있는 상황은 6령까지 살아갈 만한 여건이 아니었다. 이제 이 숲에는 거의 애벌레들이 남아 있지 않을 정도로 날씨가 추워졌고, 세나가 산초나무 이파리도 얼마 없었다. 남은 이파리도 싱싱하지 않았다. 그런 상황에서 1령을 더 산다는 것은 죽음을 자초하는 일이었다.

이제 산초나무에는 열세 번째 애벌레가 사나흘 정도 먹을 만큼의 이파리만 매달려 있었다. 나머지 이파리는 노랗게 변해버렸다. 숲 속 나무들의 이파리는 거의 다 노랗게 물들어서 떨어졌다. 하지만 키 작은 나무들은 아직도 푸른 잎을 매달고 있었다. 키가 큰 나무들만 잎을 죄다 떨어낸 상태였다. 키 큰 나무들은 자신들의 기득권을 이용하여 여름내 더 많은 햇볕을 받아가면서 풍요로운 삶을 꾸려왔지만 빠르게 자란 만큼 빨리 잎이 시들었고, 그늘에서 낮게 엎드려서 가난하게 살아가던 키 작은 나무들은 이파리가 늦게 자란 만큼 생명이 길었다. 산초나무 뒤쪽 졸참나무 이파리에 매달려 있던 뱀허물쌍살벌집에도 이제는 벌 한 마리만이 외롭게 남아 있었다. 모두들 제 살길을 찾아 떠나고 한 마리만이 고집스럽게 집을 지키고 있었다.

가을비는 늘 바람을 몰고 다녔다. 가을비가 스쳐 가면 나뭇가지에서는 우수수 잎이 지고, 그렇게 떨어진 나뭇잎 위로 빗방울이 소곤거리면서 떨어졌다. 푸른 이끼들은 스펀지처럼 빗물을 빨아들였고, 수많은 곤충들이 겨울잠을 자기 위해서 숨어든 나무줄기 껍질 사이로 빗물이 흘러들었다. 그곳은 또 다른 대지였다. 나무껍질에는 물이 흐르는 강도 있었고, 연못도 있었고, 폭포도 있었다. 빗물은 나무줄기 위에서 아래쪽으로 천천히 흘러내렸고, 그러다가 가끔씩 오래된 껍질이 떨어져 나가기도 했다.

잎사귀를 떨어낸 나뭇가지들은 편안한 마음으로 비를 가지고 놀았다. 긴 가지에다 물방울을 매달아 놓고는 바람이 불면 한꺼번에 떨어뜨리기도 했다. 잎사귀가 달려 있을 때 나뭇가지들은 비를 직접 상대할 수가 없었다. 수많은 이파리들이 먼저 빗방울을 맞이하고, 아래로 떨어뜨렸기 때문이다. 이파리는 비가 내릴 때마다 요란한 소리를 냈지만, 나뭇가지들은 그런 소리를 내지 않았다.

비가 와도 열세 번째 애벌레는 몸을 피하려고 하지 않았다. 아주 차가워진 빗물이 애벌레의 등을 때렸다. 열세 번째 애벌레의 몸을 타고 내린 빗방울이 아래로 떨어졌다. 특히 머리를 쳐들고 있으면 제법 굵은 빗줄기들이 허리를 타고 엉덩이 쪽으로 흘러가서 커다란 물방울이 되었다. 열세 번째 애벌레는 그 모든 비를 맞았다.

비가 오고 난 뒤 기온은 섭씨 5도 이하로까지 떨어졌다. 애벌레가 살아남기 힘든 기온이었다. 열세 번째 애벌레는 그런 추위도 두려워하지 않았다. 열세 번째 애벌레는 누군가에게 무선으로 조정을 당하는 애벌레 로봇 같았다. 그렇지 않고서야 추위에도 아랑곳하지 않고 움직이면서 산초나무 잎을 갉아 먹기란 거의 불가능했다. 열세 번째 애벌레는 극한 상황에서 살아가고 있었다. 털이 달린 생명체들도 살아남기 힘든 나날이었다. 밤이 되면 기온은 더 떨어졌다. 까치들은 나무 꼭대기에 있는 자기 둥지를 버리고, 이파리가 많은 소나무 가지에 모여서 무리 지어 밤을 보냈다. 그래야만 빗방울 하나라도 더 피할 수 있었고, 바람도 피할 수 있었다. 이제 활엽수들의 가지는 더 이상 새들이 밤을 보낼 수 있는 안식처가 아니었다. 비가 내린 다음 날 뱀 허물 모양으로 축 늘어진 쌍살벌 집도 텅 비어 있었다. 마지막까지 남아서 집을 지키던 벌도 더 이상은 추위를 이겨낼 수 없었던 모양이다.

여전히 열세 번째 애벌레는 고치를 지으려고 하지 않았다. 혼자 남아서 그저 산초나무 잎을 게걸스럽게 먹어대고 있을 뿐이다. 이제 초록색 산초나무 이파리도 없었다. 그러자 열세 번째 애벌레는 약간 노랗게 물든 산초나무 잎을 갉아 먹었다. 그것마저도 바람이 불어와서 떨어뜨렸다.

시월도 중순을 넘어서자 이제는 낮에도 바람이 쌀쌀했다. 이제 하루하루 살아가는 것이 문제였다. 남은 산초나무 잎이 없었기 때문이다. 어서 서둘러 고치를 짓고서 들어가야만 살 수 있었다.

열세 번째 애벌레는 내일에 대한 걱정도 하지 않았다. 밤이 되자 적당한 가지에다 몸을 딱 붙이고 움직이지 않다가, 아침 햇살이 내려오면 서서히 몸을 움직이기 시작했다. 오늘도 산초나무 잎을 찾아 나서는 것 같았다. 그러나 나뭇가지 어디에도 잎은 없었다. 하늘은 맑았다. 구름 한 점 없었지만 꽤 쌀쌀했다. 열세 번째 애벌레는 산초나무 가지 몇 군데를 오르락내리락하더니 이내 먹는 것을 포기했다. 열세 번째 애벌레는 햇볕이 가장 잘 들고 바람의 영향을 적게 받는 곳으로 움직이기 시작했다. 아무래도 산초나무의 줄기 아래쪽이 더 따뜻했다.

열세 번째 애벌레는 얼마 전에 자신이 걸어갔던 길을 새삼스럽게 다시 밟아 갔다. 산초나무에서 내려간 다음, 지난여름 태풍으로 부러져 떨어진 신갈나무 가지로 옮겨 갔다. 그리고 햇볕이 잘 들고 바람의 영향이 가장 없는 곳을 찾은 다음 뒷다리로 어느 때보다도 야무지게 나뭇가지를 붙잡았다. 애벌레는 세 쌍의 앞다리까지 동원해 나뭇가지를 붙잡았다. 고치를 지으려면 기초공사를 할 나뭇잎을 골라야 하건만 그런 일은 하지 않았다. 그냥 기도하면서 가만히 있었다. 열세 번째 애벌레는 스르르 잠이 들었다. 옆에서 바람이 신갈나무 이파리를 사정없이 흔들어도 깨지 않았고, 올해 태어난 어린 청설모들이 장난을 치다가 신갈나무 가지 위로 뛰어올라서 열세 번째 애벌레 옆을 밟고 가고 깨어나지 않을 정도로 깊은 잠이었다. 바람이 간지러움을 태우자 숲을 이루고 있는 나무들이 가려움을 참지 못하고 몸을 흔들었다. 산초나무 옆으로 누운 신갈나무 가지들은 더욱 깔깔거리면서 몸을 흔들었지만 애벌레는 움직이지 않았다.

해는 자신의 길을 따라 하늘 한복판을 가로질렀다. 열세 번째 애벌레는 그렇게 세 시간이 넘도록 움직이지 않았다. 오후두 시쯤, 애벌레 몸에서 이상한 변화가 일어나기 시작했다. 무소의뿔처럼 돋아난 돌기 사이사이에서 마치 작은 문이 열리듯이 구멍이 생겼다. 애벌레의 머리 위에서부터 뒷다리가 있는 곳까지, 모든몸에서 거의 동시에 작은 구멍이 생기더니 무엇인가 꿈틀거리면서나오기 시작했다. 출발선에 서 있다가 땅, 하는 화약총 소리를 듣고달리기를 시작하는 아이들처럼, 애벌레의 몸속에서 아주 작은 벌레들이 거의 동시에 나오고 있었다.

아주 작은 무슨 버섯처럼 보이던 그것들은 깨알만 한 구더기였다. 구더기들은 몸을 흔들면서 자연스럽게 춤을 추었다. 그런 모습에서 해파리의 촉수가 연상되기도 했다. 수많은 구더기들은 작은개구멍을 빠져나오는 아이들처럼 몸을 비틀어댔다.

애벌레는 전혀 움직이지 않았다. 바람이 심하게 불어도 애벌레의 몸은 나무 아래로 떨어지지 않았다. 애벌레의 발은 자물쇠가 채워진 듯이 움직이지 않았다. 수백 마리 구더기들이 빠져나왔지만몸에서는 피 한 방울 나오지 않았다. 구더기들은 자기들만의 비밀통로를 이용했다. 그들이 이용하는 비밀 통로는 애벌레에게 상처를 입히고 살을 찢어내서 만든 게 아니었다. 사람의 땀샘처럼 애초부터 있었던 작은 구멍을 이용해서 나오는 모양이었다.

어느새 구더기들이 열세 번째 애벌레의 등을 덮어버렸다. 꼬무락거리는 구더기들의 몸짓이 햇살에 더욱 또렷하게 보였다. 구더기들은 애벌레의 등에서만 나올 뿐, 배 밑에서는 나오지 않았다. 아마도 배 밑으로 나왔다면, 애벌레가 나뭇가지를 단단하게 붙잡고 있기 때문에 구더기들이 밖으로 나오기가 힘들었을 것이다. 구더기들은 애벌레가 어떤 자세로 나무를 잡고 있는지를 정확하게 알고 있었다. 뿐만 아니라 애벌레의 몸속에 있으면서도 밤과 낮을 구분했고, 바깥 날씨가 춥거나 비가 오는지도 정확하게 알고 있었다. 구더기들은 햇볕이 잘 드는 쪽으로 많이 나왔다.

구더기들은 열세 번째 애벌레의 몸에 의지하면서 실을 뽑아내기 시작했다. 일부는 애벌레의 몸 뒤로 숨었다. 구더기들에게는 애벌레의 몸이 안락함을 주는 집이자 어머니의 품이었다. 구더기들은 애벌레의 몸에 최대한으로 붙어서 실을 뽑았고, 바람에 날아가지 않도록 서로서로의 실을 연결하였다. 삽시간에 구더기들이 뽑아대는 실이 작은 솜뭉치처럼 보였다. 구더기들은 그 속에서 고치를 짓기 시작했다. 최대한 빠르게 지어야만 생명을 건질 수 있었다. 평생 애벌레의 몸속에서만 살아온 구더기들은 추위에 약했고, 침노린재나 박새 같은 천적을 만나면 거의 무방비로 당할 수밖에 없었다.

모든 구더기들이 열세 번째 애벌레의 몸속에서 빠져나왔다. 마치 거대한 지하 도시에서 탈출을 하는 것 같았다. 애벌레의 통통한 몸이 바람이 빠져나간 풍선처럼 홀쭉해지면서 축 늘어졌다. 열세

번째 애벌레는 어렴풋이 의식을 되찾고 있었다. 애벌레는 아무런 아픔도 느끼지 않았다. 하지만 무엇인가 자기 몸에서 아주 많이 빠져나갔다는 것을 느낄 수 있었다. 애벌레는 나무줄기에 고정된 다리를 움직일 수 없었다. 다리는 자기 자신의 몸이지만, 또 다른 누군가의 통제를 받는 듯했다. 아무리 움직이려고 해도 소용없었다.

그제야 애벌레는 자기 몸에서 일어난 변화를 알 수 있었다. 열세 번째 애벌레는 긴 꿈에서 깨어나는 듯했다. 지금으로부터 열흘 전쯤 고치를 짓기 위해 이 신갈나무 가지로 왔었다. 그 뒤로는 어떤 일들이 벌어졌는지 잘 기억할 수가 없었다. 아무튼 지금은 많은 시간이 흘렀음을 알 수 있었다.

그러면서도 언뜻언뜻 좋지 않은 기억들이 떠오르기도 했다. 언제인지 정확히는 모르겠지만, 무엇인가 자신의 주위를 맴돌고 있는 듯한 느낌을 받은 적이 있었다. 그때 열세 번째 애벌레는 바람인 줄 알았고, 무엇인가 자신의 등에 내려앉은 것 같다는 기억도 떠올랐다. 바로 그것이 자신의 천적인 고치벌이었다는 사실을 열세 번째 애벌레는 뒤늦게 깨달았다. 고치벌은 순식간에 열세 번째 애벌레의 몸 안에다 수백 개의 알을 낳고 사라졌다. 그 알들이 깨어나서 지금까지 애벌레의 몸속에서 살아온 것이다. 애벌레가 죽어버리면 자신들의 목숨도 끝이 나기 때문에 알에서 깨어난 고치벌 새끼들은 애벌레의 장기는 하나도 건드리지 않았다. 오직 어미의 자궁 속처럼 이리저리 돌아다니면서 피만 빨아 먹었을 뿐이다. 그래서 열세 번째 애벌레는 아무런 고통도 느끼지 못했고, 고치 짓는 일마저 잊어버린 채 자신의 배 속으로 들어온 새끼들을 위해서 열흘 동안이나 살아남았던 셈이다. 그렇지만 열세 번째 애벌레는 그런 사실을 금방 잊어버렸다. 오히려 지금까지 의식하지 못했던 애틋한 느낌이 살아나기 시작했다. 자신의 몸속에서 꾸무럭거리며 살아온 구더기들이 한없이 사랑스러웠다. 지금 자신의 등에서 고치를 짓고 있는 구더기들을 보고 싶었다.

열세 번째 애벌레는 암컷이었다. 그래서인지 거의 본능적으로 자기 몸에서 살다가 세상으로 나간 구더기들이 자기 새끼들이라고 생각했다. 무엇이 어떻게 된 것인지 알 수는 없지만, 애벌레는 구더기들이 어서 고치를 짓고 안전하게 숨기를 바라고 있었다.

애벌레의 몸 밖으로 나온 구더기들 중에는 벌써 고치를 다 지은 녀석들도 있었다. 구더기들이 지은 고치는 체구에 비해서 큰 편이었다. 자기 몸보다 큰 고치를 지으려면 많은 실이 필요했다. 그래서 쉬지 않고 고치를 지어도 두 시간이 넘게 걸렸다.

고치벌
크기가 3~4mm로 아주 작다. 불그스름한 빛을 띠고 배가 불룩하다. 나방이나 하늘소의 애벌레 몸속에 알을 낳는다. 성충은 번데기가 되기 전에 숙주의 몸 밖으로 나와 그 피부에 고치를 만든다.

그때 말벌 한 마리가 날아왔다. 일부러 알고서 찾아온 게 아니라 우연히 내려앉았는데 바로 앞에 구더기들이 움직이고 있었다. 말벌은 장수말벌이 아니라서 열세 번째 애벌레보다는 몸통이 작고 가늘었지만 사나운 벌 특유의 위엄이 있었다. 일주일 전에 집을 떠난 말벌은 따뜻하게 겨울을 날 만한 곳을 찾아다니고 있었다. 며칠간 아무것도 먹지 못한 말벌은 배가 고팠다. 구더기는 말벌이 가장 좋아하는 먹이였다. 말벌은 아직 고치를 짓지 못한 구더기를 쪼아 먹으려고 다가갔다. 그런데 그 순간 열세 번째 애벌레가 불가사의한 힘으로 상체를 들어서 옆으로 휘둘렀다. 애벌레의 머리가 말벌을 쳤다. 말벌은 애벌레가 살아 있는 생명체라고는 전혀 생각하지 않았다. 불시에 공격을 받은 말벌은 옆으로 미끄러지면서 간신히 날아올랐다. 말벌은 지금껏 온몸이 하얀 구더기들의 고치로 덮여 있는 애벌레를 본 적이 없었다. 말벌은 공중에서 빙글빙글 돌다가 다시 한 번 구더기들이 있는 쪽으로 내려앉으려고 했다. 이번에도 조금 전보다 더 거칠게 열세 번째 애벌레가 머리를 흔들어댔다. 생김새는 애벌레와 비슷했지만 온몸을 하얀 고치로 덮고 있어서 전혀 다른 생명체로 보였다. 따뜻하게 쉴 곳을 찾아다니던 말벌은 벌집에서 수십 마리가 한꺼번에 뭉쳐서 살아갈 때처럼 용감하지 않았다. 이제 말벌은 혼자였고, 날마다 추워지는 날씨 때문에 더욱 소심해져 있었다. 말벌은 결국 어디론가 날아가 버렸다.

말벌이 날아가자 열세 번째 애벌레의 다리가 풀리면서 자신을 붙잡고 있던 모든 마법이 한순간에 풀려버렸다. 애벌레의 몸은 모든 생명을 길러내는 대지 위로 툭 떨어졌다. 쌀알 같은 고치들은 애벌레가 붙잡고 있던 나뭇가지에 붙어 있었다. 몇은 바람에 날아가기도 했지만, 대부분은 서로 엉키듯이 붙어 있었다. 애벌레가 떨어진 곳에서 오른쪽으로 한 뼘만 움직이면 실베짱이 한 마리가 보였다. 날씨가 추워서인지 개미들도 그 실베짱이를 치우지 못하고 있었다.

이제 열세 번째 애벌레는 모든 새끼들을 내보내고 죽을 날만 기다리는 어미의 모습을 하고 있었다. 통통하고 힘에 넘치던 모습은 어디서도 찾아볼 수 없었다. 등 군데군데는 피부색이 바래서 흰색으로 변해 있었다. 바로 그 부분에 구더기들이 빠져나온 구멍이 숨겨져 있었다. 애벌레는 늙을 대로 늙어버렸고 모든 힘을 고치벌 새끼에게 빼앗겨버렸다. 그렇지만 애벌레는 편안한 모습이었다. 자신의 배 속에서 열흘 정도 살다가 나온 새끼들, 어쩌면 또다시 수많은 동족의 목숨을 앗아 갈 수 있는 천적이지만 지금 이 순간에는 자신이 낳은 새끼들이었다. 천적이냐 아니냐 그런 따위의 잣대는 아무런 의미가 없었다. 자기 배 속에서 자랐고 자신의 살에서 나왔다는 사실이 중요했다. 게다가 애벌레는 끝까지 그 자식을 지켜냈다.

애벌레는 행복했고 이렇게 땅에 누워서야 비로소 숲의 일부가 되었다는 편안한 느낌이 들었다. 하늘을 보고 누워 있던 열세 번째 애벌레의 의식이 가물가물해졌다. 곧 애벌레의 움직임이 멈춰졌고 바람이 죽음을 슬퍼하듯 강하게 불었다. 근처에 있는 나뭇잎들이 떨어져서 애벌레가 있는 곳으로 날아왔다. 졸참나무 이파리 하나가 날아와서 열세 번째 애벌레를 덮어주었다. 그 나뭇잎에는 뱀허물쌍살벌의 집이 매달려 있었다.

　숲을 가득 덮고 있던 나무들은 잎을 모두 떨구고 나서야 제 모습을 드러냈다. 여름철에는 거의 절대적인 존재로 보이던 아름드리나무들도 벌거벗은 모습은 여느 나무들과 크게 다르지 않았다. 가지들이 얼마나 큰지, 몇 개나 달렸는지, 가지들의 건강 상태는 어떠한지⋯⋯ 그 모든 것들이 잎이 있을 때는 보이지 않았다. 숲은 비로소 평등한 세상이 되었다. 숲을 따스하게 어루만져주던 해는 불덩이가 되어 개바위 너머로 사라졌고, 그곳에서는 구름들이 불에 붙어 붉은빛을 하늘로 뿌리면서 솟구쳐 올랐다. 그러자 인근 산비탈에서 자라는 무와 배추 들에게 튼튼한 힘이 되어주었던 찬바람이 더욱 거세게 일어났다. 그와 동시에 숲 너머로 나뭇잎이 일제히 비상하면서 하늘 가득 솟구쳐 올랐다. 영락없이 떼 지어 날아오르는 나방들 같았다.

숲의 언어, 냄새의 향연

자연에 대해서 생각하는 좋은 방법은 그것에 대해서 말하는 것이 아니라 그것에 직접 말을 거는 것이다.
— 라코타 족의 주술사, 절름발이 사슴(Lame Deer)

오월 어느 날이었습니다. 서울 도심에서 조금 벗어난 길을 걷다가, 우연히 자동차 먼지를 폭 뒤집어쓴 가로수에 하얀 꽃이 무리 지어 피어 있는 걸 보았어요. 무슨 꽃인데 이렇게 앙증맞게 피었나, 신기해 다가가니 코도 대지 않았는데 짙은 향내가 풍겨나고 있었습니다. 그저 키 작은 흔한 가로수 같아 보였는데, 이렇게 향기로운 꽃이 피다니. 코끝 감동이 사라지기 전에 집에 오자마자 인터넷 검

색을 해보았습니다. 쥐똥나무. 열매가 꼭 쥐똥같이 생겼다고 해서 붙은 이름이었습니다. 그날은 쥐똥나무 가로수에서 풍겨나는 향기로 인해 도시가 그렇게 달라 보일 수가 없었어요.

바쁘게 돌아가는 도시에는 볼 것이 많습니다. 하지만 한시라도 한눈팔면 이것저것에 치이기 일쑤지요. 만일 자동차에 치이기라도 하면 큰일 납니다. 소리도 마찬가지입니다. 들리는 소리는 많지만 자동차에서 나오는 단조로운 소음이 대부분이지요. 도시에서는 맡고 들을 수 있는 자연의 풍성한 유기체 냄새와 다양한 생명체의 소리가 체계적으로 억압돼 있습니다. 그 결과 오랫동안 자연과 소통해온 '만지고 냄새 맡고 듣는' 것과 같은 감각들이 근대 도시인의 몸에서 둔화되기 시작했습니다. 대신에 근대 도시인들은 거의 절대적으로 시각만을 연마해 다른 모든 감각의 주도권을 잡게 했지요. 말 그대로 '보는 것이 믿는 것'이 돼버린 세상입니다.

근대화를 주도한 서구에서 눈은 항상 남성의 상징으로 여겨졌답니다. 눈은 침탈의 감각이어서 서구 문화에서는 종종 활이나 칼로 상징화됐다고 해요. 이런 시각(視覺)에 대해 문화비평가인 월터 J. 옹(Walter J. Ong)은 '절개하는 감각'이라고 정의 내린 바 있습니다. 눈은 매우 이기적인 감각이어서 보기 싫은 것은 보지 않으려 한다는 거예요. 하지만 일단 목표물을 정하면 눈은 절개하듯 주변 대상에서 그 사물을 분리하고 잘라내 정복하듯 명쾌하게 분석합니다. 이렇듯 눈은 외부 세계와 사물을 분석하는 데는 매우 강력한 감각입니다.

하지만 사물의 내부를 꿰뚫어 보고 이해하는 데는 별 쓸모없는 감각이기도 합니다. 반면에 청각과 후각은 주변에 있는 것을 구별하는 능력은 좀 떨어지지만, 사물의 훨씬 깊은 곳까지 내려가 사물과 하나가 될 수 있는 조화로운 삼각이에요. 활이나 칼처럼 눈이 바깥 세계를 향한 직선적인 감각이라면, 청각과 후각은 내부 세계를 향한 곡선의 수용적인 감각이라고 할 수 있습니다. 시각이 과속과 질주로 뻗어나가려는 인간적인 의지의 감각이라면, 청각과 후각은 더디게 안으로 파고드는 자연적인 본능의 감각이라고 할 수 있지요. 우스갯소리처럼 들리겠지만 인류가 시각보다 청각이나 후각이 훨씬 발달된 생명체였다면, 인류 문명은 지금보다 민족, 종족 간에 훨씬 평화롭고 자연과 좀 더 친화적이 되었을 거라는 상상을 해봅니다.

『애벌레를 위하여』는 작가 자신의 말처럼 "애벌레들의 삶을 객관적으로 보고, 그것을 재구성하고 상상력을 보태서" 쓴 소설입니다. 애벌레에 '대해' 말하는 곤충기를 넘어 애벌레에게 직접 '말을 거는' 상상력을 덧붙인 소설이란 겁니다. 그러기 위해서 작가는 무엇보다 애벌레와 소통할 수 있는 애벌레의 언어를 알아내야 했지요. 자세한 관찰과 상상력으로 그가 찾아낸 애벌레의 언어가 바로 '냄새'였습니다. 눈뜬장님과 같은 애벌레에게는 시각이 잘 발달되지 않았습니다. 대신에 자신의 몸에서 내보내고 몸으로 들어오는 냄새가 애벌레에게는 가장 발달된 의사소통 방법입니다. 냄새가 애벌레의 언어인 셈이지요. 둔화된 인류의 후각을 상상력으로 보충하며 이상권 작가는 감히 애벌레와 대화하고 애벌레의 의식 속으로 들어가기를 시도한 겁니다. 또한 애벌레와 더불어 살아가는 숲의 생명들과도 대화하고 그들의 의식 속으로 들어가려고 했지요. 그래서 목표물을 정하고 주변 사물에서 분리해 판단하고 분석해내는 시각 의존도를 작가는 가능하면 줄이려 애씁니다. 대신에 생명체의 내부로 들어가게 하고, 지난 기억까지도 담고 있는 후각과 청각에 좀 더 많이 의존했지요. 빛보다는 냄새와 소리가 숲의 주된 언어라는 사실을 작가는 알아냈던 것입니다. 창과 칼 같은 인간의 눈으로부터 자신들을 감추어야 살아갈 수 있는 숲 속 작은 생명들의 언어임을 알아냈던 것이지요.

열세 마리 가죽나무고치나방 애벌레의 탄생과 성장 그리고 죽음에 이르는 과정을 극적으로 묘사한 이 소설은 그러니까 애벌레 냄새의 향연이라고 할 수 있습니다. 마법의 향기와도 같은 암컷 나방의 향기가 바람에 실려 가면, 그 냄새를 맡은 수컷 나방들이 몰려와 정렬적인 구애춤을 춥니다. 멀리서 수컷을 불러들이는 향기는 암컷이 풍기지만 "결정적인 순간에는 암컷 나방의 향기보다 수컷 나방의 향기가 강해"져, "수컷은 길쭉한 배를 쭉 내밀어서 마법의 향기가 흘러나왔던 향기의 샘 쪽으로 내밀"어 사랑의 절정에 오릅니다. 이렇게 사랑의 묘약과도 같은 나방의 향기로 맺어진 사랑으로 새 생명인 애벌레가 태어납니다. 하지만 탄생은 곧 시련의 시작을 알리지요. 먹여주고 재워주는 하숙집 같은 산초나무에서 이파리를 먹으며 살아가는 애벌레는 매일 똥을 쌉니다. "똥에는 애벌레 자신만의 독특한 냄새가 배어 있"어 천직을 부르게 되지요. 그래서 애벌레들은 "거꾸로 몸을 돌린 다음 똥을 최대한 멀리 떨어뜨"리려 애씁니다. 습기 먹은 똥은 냄새가 강하기 때문에 애벌레는 가능하면 날씨 좋은 날까지 똥 싸는 것을 참아야 합니다. 나방은 향기를 뿜어 짝을 부르지만 자신의 몸에서 나온 냄새 때문에 죽을 수도 있는 겁니다. 애벌레에게 향기와 냄새는 사랑과 죽음의 변주곡 같기만 합니다.

애벌레는 성장하는 과정에서 몇 번의 허물을 벗고 고치를 짓습니다. 언제 고치를 지어야 하는지 판단하는 것은 애벌레의 생사가 걸려 있는 문제입니다. 그 시기를 애벌레는 '숲에서 부는 바람 속'에서 찾습니다. 숲의 바람에는 "시간이 들어 있고, 맛과 색깔도 들어 있"고, "산초나무 냄새가 섞여 있"기 때문이지요. 숲의 모든 정보가 들어 있는 바람의 언어 또한 냄새인 겁니다.

열세 번째 가죽나무고치나방 애벌레가 자신의 천적인 고치벌을 불러들인 것은 그의 몸에서 나온 냄새 때문이었을 겁니다. 애벌레 몸속에 슬어놓은 고치벌 알에서 깨어난 구더기들은 애벌레 몸속에서 열흘 동안 애벌레의 양분을 먹고 자랍니다. 마치 엄마 젖 냄새에

대한 기억처럼 애벌레 몸을 뚫고 나온 고치벌 구더기들은 애벌레 냄새를 평생 잊지 못할 것입니다. 결국 고치벌이 되어서도 태어날 때 몸속에 저장된 애벌레 냄새로 인해 다시 가중나무고치나방 애벌레를 찾아가고, 그 몸속에 알을 슬겠지요. 애벌레에게 "천적이냐 아니냐 그런 따위의 잣대는 아무런 의미가 없"다고 작가는 소설 끝에서 결론짓고 있습니다. 그렇습니다. 천적은 인간의 눈으로 내리는 판단입니다. 숲에는 천적이란 개념이 없습니다. 모두 '숲의 일부'일 뿐이지요. 고치벌 알을 자신의 배 속에서 품고 구더기로 태어나게 하는 애벌레는 이미 고치벌 구더기의 어미입니다. 자연 생명을 품고 길러 숲 생태계의 균형을 이루는 숲의 어미인 것이지요. 그래서 "이렇게 땅에 누워서야 비로소 숲의 일부가 되었다는 편안한 느낌이 들었다."고 작가는 애벌레의 의식을 빌려 '애벌레 냄새의 향연'을 끝맺고 있습니다.

속으로 날개 돋은 애벌레

이 소설은 먹이사슬로 얽히고설켜 살아가는 다양한 숲 속 생명들의 이야기입니다. 하지만 이야기의 주 뼈대는 주인공 격인 열세 번째 가중나무고치나방 애벌레의 탄생과 성장 그리고 죽음으로 이루어져 있습니다. 그렇다면 이 소설은 한 애벌레가 나방으로 성장하는 과정에서 겪는 시련을 통해 자신의 삶이 지닌 의미를 발견해 가는 '애벌레 성장소설'이라 할 수 있습니다. 가진 거라곤 꿈틀대는 재주밖에 없는 자연 미물이지만, 작가는 상상력을 발휘해 애벌레에게 인간과 같은 성격을 부여하고 발전시킵니다. 물론 시점(視點)이 애벌레가 아니라 애벌레를 관찰하는 작가에게 있기 때문에, 애벌레의 성장 과정에서 삶의 의미를 발견하는 것은 실은 애벌레라기보다 작가 자신입니다. 그리고 그 의미를 읽어내는 독자입니다. '벌레에게서 무슨 삶의 의미를 읽느냐!'고 고개를 젓는 독자도 있을 겁니다. 하지만 이상권 작가는 '쌀 한 톨에 담긴 우주의 진리'를 발견하듯 애벌레에게서 자연의 진리를 진지하게 탐구하고 있습니다. 그것도 아주 놀랍게, 그리고 매우 아름답게 말입니다.

자라면서 사람은 한 '살'씩 나이를 더 먹지만 애벌레는 한 '령'씩 나이를 더 먹습니다. 살이라는 우리말 어감에는 아이들이 성장하면서 살집이 붙어가는 모습이 느껴집니다. 반면에 애벌레가 허물을 벗을 때마다 먹는 령(齡)이라는 한자 어감에는, 나비나 나방으로 우화하려고 애벌레가 한 령 한 령 허물을 벗는 모습이 그려집니다. 사람을 포함한 모든 포유동물은 날 때부터 죽을 때까지 크기만 다를 뿐 기본적인 사지와 외형은 변하지 않습니다. 하지만 날개 달린 곤충은 성충과는 너무나 다른 모습인 애벌레로 어린 시절을 보냅니다. 그중에서도 나비나 나방만큼 아름답게 애벌레에서 성충으로 변신하는 생명체는 없을 겁니다. 단단한 번데기 갑옷을 뚫고 화려

한 문양의 날개를 펄럭이며 날아가는 나비와 나방의 우화(羽化)! 성
장 단계에서 그 어떤 생명체가 이보다 더 극적으로 변신할 수 있을
까요.

하지만 모든 조개의 아픔이 진주가 되는 것은 아니듯, 모든 애벌
레가 나비가 되지는 못합니다. 이 소설에서도 열세 마리 가중나무
고치나방 애벌레 중에서 오직 두 마리만이 우화하기 전 마지막 단
계인 고치를 짓습니다. 열세 번째 애벌레도 마지막 고치를 짓지 못
하고 죽고 말지요. 하지만 관찰자인 작가는 열세 번째 애벌레가 고
치를 '못' 짓는 게 아니라 '안' 짓는 것이라고 말합니다. 자기 몸속에
들어온 고치벌 알들을 무화시키려면 고치 집을 지어서는 안 된다
는 사실을 애벌레가 운명처럼 받아들였다고 작가는 상상하는 겁니
다. 그러니까 꽃 피우지 않고 열매를 맺는 무화과나무처럼, 열세 번
째 애벌레도 날개 달린 나방으로 우화하지 않고 새끼를 낳은 겁니
다. 어쩌면 우리 눈에만 보이지 않을 뿐이지 무화과는 속으로 꽃 피
고, 애벌레는 속으로 날개가 돋았을지도 모릅니다. 고치벌 구더기
들이 자신의 몸을 다 빠져나가자 마치 의무를 다한 듯 편안한 마음
으로 애벌레는 자신이 태어난 숲으로 돌아갑니다. 다른 새의 알까
지도 품는 박새가 없었다면 뻐꾸기의 아름다운 노래는 숲에서 사
라졌을지도 모릅니다. 가중나무고치나방 애벌레가 없다면 고치벌
은 어떻게 개체를 보존할까요. 천적이나 기생이라는 개념은 인간
의 눈으로 본 편견일 따름입니다. 자연 생태계 법칙엔 오직 자연스

러운 생명의 법칙이 있을 뿐입니다. 각자 따로 떨어져 존재하는 생명이 아니라, 하나의 커다란 관계의 그물망으로 연결된 자연 생명 법칙 말입니다.

임킷 사마귀도 알을 낳은 뒤였고, 수컷 실베짱이도 몇 번 짝짓기를 마친 상태였다. 이제 둘은 조용히 죽음을 맞이하고 있었다. 그렇게 죽음으로 가는 과정에서는 더 이상 누군가를 잡아먹을 필요도 없었고, 더 이상 누군가를 두려워할 필요도 없었다. 이렇게 죽음을 앞에 두고서야 그들은 서로 평등해졌다. 살아온 삶이야 다르지만 이제는 둘 다 같은 마음이었다. 실베짱이는 자신이 이렇게 편안한 마음으로 사마귀 옆에 있게 될 줄 몰랐다. 꼭 친구 같았다. (중략) 밤이 되자 사마귀는 실베짱이에게 몸을 기대고 싶었다. (중략) 아침이 되었을 때는 까만 개미들이 사마귀의 시체를 어디론가 끌고 가고 있었다.(171~72면)

모든 생명체의 궁극적인 천적은 죽음일 것입니다. 하지만 자연에서는 죽음까지도 천적이 아닙니다. 죽음이 없으면 삶도 없기 때문입니다. 이 소설에서 이야기의 대부분이 숲 속 생명체의 죽음을 다루는 것도 바로 이런 작가의 관점을 반영하고 있는 것입니다. 쌍살벌과 까치에게 각각 잡혀 죽는 애벌레 이야기, 서로 싸우다 죽는 왕침노린재와 사마귀 이야기, 고양이에게 잡아먹히는 다람쥐 이야기, 소쩍새와 박쥐까지도 여유 있게 따돌리고 거미줄에 걸려서도 빠져나온 수컷 나방이 허무하게 고양이에게 잡아먹히는 이야기 등등. 하지만 그 어느 이야기에도 인간 신파극은 등장하지 않습니다. 그저 다람쥐가 '찍' 하는 비명 한 번 질렀을 뿐이고, 까치는 애벌레를 몇 번 콕콕 쫀 다음 '단숨'에 삼켜버렸을 뿐입니다. 애벌레의 죽음 다음에는 쌍살벌이 애벌레 살을 찢어서 새끼들에게 주는 삶이 이어지기 때문이지요. 천적이라는 인간의 눈이 아니라, 죽음이 삶을 잉태하고 기른다는 자연의 눈으로 작가는 보여주고 있는 것입니다.

열세 번째 가중나무고치나방 이야기는 이 소설에서 유일하게 죽음과 탄생이 함께 등장하는 이야기입니다. 고치벌 구디기들이 열세 번째 가중나무고치나방 애벌레의 몸에서 나오고 애벌레는 죽어 숲으로 돌아갑니다. 죽음이 삶을 잉태하는 이 마지막 장면에서 작가는 어떤 나비나 나방의 우화보다 아름다운 '숲의 날개'를 애벌레에게 달아줍니다. 한 편의 아름다운 시처럼 말입니다. "숲 너머로 나뭇잎이 일제히 비상하면서 하늘 가득 솟구쳐 올랐다. 영락없이 떼 지어 날아오르는 나방들 같았다."

오늘날 도시인들은 두 팔과 두 다리를 자동차 운전대와 페달에다 주고, 두 눈은 티브이, 컴퓨터 화면에 빼앗긴 채 살아갑니다. 거의 눈뜬장님이나 마찬가지지요. 어쩌다 산이나 강, 들이나 숲에 가더라도 그곳에서 살아가는 수많은 생명체들의 다양한 냄새와 소리를 맡거나 듣지 못합니다. 설령 맡거나 듣는다 하더라도 잘 구별하지는 못합니다. 눈으로 바라보는 것은 풍경에 불과할 뿐이지요. 이 소설은 눈뜬장님인 우리 아이들과 청소년들을 숲 속으로 인도해 숲의 언어인 냄새와 소리로 자연에게 말을 걸도록 합니다. 때로는 손으로 애벌레를 직접 만져보게도 하지요. 그래서 마지막 책장을 넘길 때면, 애벌레 등에 돋은 돌기 같은 감각이 우리의 온몸에서 마구 돋아나게 합니다. 비로소 균형 있게 발달된 이목구비 감각을 지닌 온전한 인간으로 우리를 우화하게 하는 것입니다. 열세 번째 가중나무고치나방처럼 말입니다.

박경장(문학평론가)

창비청소년문학 30

애벌레를 위하여

초판 1쇄 발행 • 2005년 10월 31일
초판 2쇄 발행 • 2007년 10월 20일
개정판 1쇄 발행 • 2010년 6월 10일
개정판 4쇄 발행 • 2022년 1월 11일

지은이 • 이상권
그린이 • 오정택
펴낸이 • 강일우
책임편집 • 이지영
펴낸곳 • (주)창비
등록 • 1986년 8월 5일 제85호
주소 • 10881 경기도 파주시 회동길 184
전화 • 031-955-3333
팩시밀리 • 영업 031-955-3399 편집 031-955-3400
홈페이지 • www.changbi.com
전자우편 • ya@changbi.com

ⓒ 이상권, 오정택 2005
ISBN 978-89-364-5630-6 43810